SEMBRA
LLIBRES

Llibre de les bèsties
Primera edició: maig de 2015
Vuitena edició: octubre de 2021

C/ del Real de Gandia, 3, baix esq.
46020 València
sembra@sembrallibres.com
www.sembrallibres.com

Edició: Joan Carles Girbés i Xavi Sarrià
Disseny de la col·lecció: Setanta | www.setanta.es
Correcció: Roger Sarrià
Maquetació: Josep Andrés

Sembra Llibres forma part de l'Associació d'Editorials Independents
LLEGIR EN CATALÀ

Aquest llibre s'ha imprès a Romanyà-Valls, S.A. amb paper ecològic, offset cru de 90 grams i ha estat compaginat amb cos 12 de la tipografia Chronicle.

ISBN: 978-84-943736-2-6
DL: V-1361-2015

Ramon Llull

LLIBRE DE LES BÈSTIES

A través de Roc Casagran

Il·lustracions d'Aitana Carrasco

SEMBRA
LLIBRES

TAULA

COM SI FOS UN PRÒLEG

Roc Casagran

Ramon Llull va néixer a Palma l'any 1232 (hi ha fonts que apunten el 1235), en el si d'una família noble que havia arribat a Mallorca després d'haver estat conquerida per Jaume I. Ben relacionat amb els cercles de poder i amb una vida força encarrilada malgrat alguns «amors desordenats» propis dels costums cortesans, es va casar, va tenir fills i va flirtejar amb la poesia trobadoresca escrita en occità, com esqueia a la tradició de l'època. Si la seva vida hagués seguit aquest curs, però, avui dia Ramon Llull no donaria nom a universitats, carrers, premis, escoles..., ni se'l prendria com a referent de res... ni tindríeu aquest llibre entre mans.

El salt qualitatiu va esdevenir-se l'any 1263, quan, segons ell mateix explica, se li va aparèixer repetidament Crist crucificat, i es va sentir cridat a encarar la seva existència en una nova direcció: convertir infidels (convertir-los a la religió cristiana, és clar).

Ramon Llull, arribat en aquest punt, va deixar enrere riqueses, estatus social i família i es va dedicar exclusivament a la seva nova tasca. Vist això, s'hauria pogut transformar en un missioner més, i si hagués estat així, la Història (i la Literatura) no li haurien guardat cap plaça al seu altar. Però hi ha un factor que el diferencia: per a convertir infidels va decidir que primer s'havia de formar ell, i va esmerçar una bona pila d'anys a aprendre llengües (el llatí i l'àrab), a llegir molt (obres religioses però també filosòfiques, científiques...) i a viatjar (Roma, París, Tunis i un llarguíssim etcètera).

Sense tots aquests aprenentatges, sense les influències d'altres cultures, sense les vivències lluny del seu entorn més proper, l'obra lul·liana hauria estat tota una altra cosa. Però, sens dubte, hi ha un element definitiu que converteix l'autor mallorquí en qui ha acabat sent: per primera vegada a Europa hi va haver algú que va optar per fer servir una llengua romànica (un llatí evolucionat, al capdavall) per a escriure sobre qualsevol tema, també aquells teòricament reservats a la llengua de la cultura, que era el llatí. I sí, efectivament, aquest idioma va ser el català.

Amb tot plegat, i amb unes quantes obres pel mig de temes i gèneres diversos, arribem al *Llibre de meravelles,* en què es descriuen les aventures d'un noi, en Fèlix, que fa un viatge iniciàtic per conèixer el món a partir del mestratge de diversos personatges que es va trobant pel camí. És un llibre format per deu capítols, i en el setè, i molt deslligat de la resta del conjunt, hi trobem el *Llibre de les bèsties.* Tan deslligat està, que en Fèlix només hi apareix a l'inici i al final, i hi actua com un simple observador sense intervenció en cap moment. Tan autònom és el *Llibre de les bèsties* que és possible de ser llegit sense la resta del *Llibre de meravelles,* com una mena de faula o d'obreta amb aparença de text menor però d'una profunditat feridora.

Perquè en una primera lectura podríem creure que és simplement una historieta sobre la lluita pel poder d'un grup d'animals. I si es vol, pot ser llegit així: com un conte (o com un contenidor ple de contes) ideal per a la mainada, o com un *divertimento* per a adults enjogassats. Però no. Va molt més enllà. La voluntat de Ramon Llull, com en gairebé tota la seva obra, és didàctica, és conduir-nos cap al Bé, i per aconseguir-ho ens retratarà les misèries del comportament humà col·locant-nos davant d'un requadre on es belluga un reguitzell de bèsties. I aquests animals, amb els estereotips que els ha atorgat la Tradició i que encara tenim presents avui dia (la murrieria de la guineu, la força del lleó, la mala fe de la serp...), ens serviran de mirall de nosaltres mateixos.

Però, té cap sentit endinsar-nos en el *Llibre de les bèsties* set segles després? I tant que sí.

En primer lloc, tindrem l'oportunitat de conèixer, ni que sigui per sobre, quasi intuint-la, l'organització social de l'edat mitjana, amb la seva jerarquia i certs costums, així com un ressò misogin i classista en alguns passatges, que bé ens pot ser útil per a reflexionar si realment hem evolucionat gaire com a espècie.

També serà una bona ocasió per a observar els moviments i les traïcions que es duen a terme per a assolir el poder i per a fer el paral·lelisme necessari a la societat del segle XXI (i entendrem per «poder» el govern d'un país o l'escalada enfollida per a assolir una bona posició a la feina a costa de qui sigui, tant se val).

Igualment, toparem amb històries que ens arriben d'altres tradicions, màgiques, fantàstiques, engrescadores, perquè el *Llibre de les bèsties* beu de fonts múltiples, com per exemple certes faules occidentals, sumèries o índies, i també del *Roman de Renart* francès, del *Panxatantra* sànscrit o del *Calila e Dimna*, que és d'origen indi.

Però per damunt de tot plegat, i més enllà de motius massa especialitzats, hi ha una raó potentíssima per a llegir el *Llibre de les bèsties*: ens ho passarem molt bé.

I perquè sigui així, per no posar-hi entrebancs, perquè no calgui recórrer a res més que al llibre ni siguin necessàries consultes externes, perquè el text flueixi tot sol, és per tot això que hem procurat que aquesta adaptació sigui agradable de llegir, sense por d'allunyar-nos un xic de la literalitat sempre que ha estat necessari, però amb la idea de no deixar de ser fidels a l'esperit de l'obra de Ramon Llull.

Perquè aquesta proposta d'adaptació, des de la humilitat, vol ser un granet de sorra per a fer-lo reviure, perquè el poble que oblida les seves arrels no pot continuar florint. Perquè sí, nosaltres, d'una manera o altra, venim de Llull.

INTRODUCCIÓ

Després d'haver-se acomiadat d'aquell filòsof amb qui ja s'havia topat altres vegades, en Fèlix va continuar caminant per aquella vall tan bonica, tota plena d'arbres i fonts. Poc després es va trobar un parell d'homes mal vestits, amb unes barbes enormes i uns cabells llarguíssims.

—Bons senyors —va dir-los en Fèlix—, d'on veniu?

—Venim de terres llunyanes i acabem de passar per una plana molt a la vora d'aquí. I en aquella plana hem pogut presenciar una discussió aferrissada de bèsties salvatges que volien triar rei.

—I de quin orde religiós sou? Perquè, amb aquest aspecte, diria que formeu part d'alguna comunitat religiosa, oi?

—Ens diuen l'Orde dels Apòstols, i les nostres formes de vestir i d'actuar són les mateixes que les dels apòstols a qui seguim.

En Fèlix va quedar-se meravellat davant d'aquella troballa, i va afegir:

—L'Orde dels Apòstols és superior a tots els altres ordes. Els seus membres no tenen por de la mort, mostren el camí correcte als infidels i adoctrinen en la vida santa els cristians que viuen en pecat, tant d'obra com de paraula. Aquell home que sigui de l'Orde dels Apòstols no ha de deixar de predicar i de fer tantes bones obres com pugui.

—Senyor —va contestar un d'ells—, nosaltres no som dignes d'una vida tan alta com la dels apòstols, però som la representació de la seva conducta, i per això vestim d'aquesta manera tan austera mentre passegem per aquest món, d'aquí cap allà. Tenim l'esperança que Déu enviï a la Terra homes de vida santa que siguin de l'Orde dels Apòstols, i que aquells que dominin les ciències i el llenguatge sàpiguen predicar i convertir els infidels amb l'ajuda de Déu. Volem ser un bon exemple, volem representar amb fidelitat la figura dels apòstols.

Aquestes paraules van agradar molt a en Fèlix. Emocionat i amb llàgrimes als ulls, va dir-los:

—Ai, Senyor, Déu meu! On se n'ha anat la devoció que solien tenir els apòstols, que no dubtaven d'estimar-vos i conèixer-vos sense témer ni la feina ni la mort? Déu estimat, que arribi aviat el temps en què es compleixi la santa vida que defensen aquests dos homes!

Després d'haver encomanat a Déu els dos homes, en Fèlix se'n va anar cap a la plana aquella on li havien explicat, al principi de la trobada, que hi havia unes bèsties que volien elegir rei.

1
L'ELECCIÓ DEL REI

En una plana bellíssima, per on saltironejava l'aigua, hi havia un grup de bèsties que volien elegir rei. Discutien amb vehemència, i al cap d'una bona estona, la majoria va arribar a l'acord que el lleó fos declarat monarca. De totes maneres, el bou no n'estava gens convençut, i es va exclamar:

—Senyors, necessitem un rei noble, un rei que sigui humil i que no faci mal als altres. Així doncs, és evident que no hauríem d'optar pel lleó, perquè no s'alimenta d'herba sinó que es cruspeix animals, i, a sobre, té una veu que, quan crida, ens fa tremolar de por a tots. Per tant, si voleu seguir el meu consell, crec que hauríem de triar el cavall com a rei, perquè ell sí que és gran, bell i humil. Tingueu present que el cavall és una bèstia lleugera, no és orgullós i no menja carn.

Aquestes afirmacions del bou van agradar molt al cérvol, al cabirol, al moltó i a totes les altres bèsties que s'alimentaven d'herba, però una guineu, la Renard, va fer un pas endavant i també va decidir de manifestar-se:

—Senyors, quan Déu va crear el món, no ho va fer amb la idea que l'home fos conegut i estimat, sinó amb la intenció que l'home conegués Déu i l'estimés, i amb aquesta idea Déu va voler que l'home fos servit per les bèsties, encara que aquest visqui de la carn i de les herbes. És per això, senyors, que no hauríeu de fer cas al que defensa el bou, que no estima el lleó perquè menja carn. El que hauríem de fer, sens dubte, és considerar les normes que Déu ha atorgat a les criatures.

El bou va tornar a intervenir per atacar les paraules de la Renard. Volia defensar-se i deixar clara la seva bona fe: ell defensava que el rei fos el cavall, que menja herba, i també volia fer evident que si estigués actuant amb traïdoria, a l'hora de triar rei, no optaria pel cavall, amb qui competeix per menjar-se l'herba que ell també menja.

—En canvi —va prosseguir el bou—, la Renard defensa l'elecció del lleó perquè la guineu s'alimenta de les restes que queden d'allò que el lleó no devora un cop ha caçat la presa i se n'ha nodrit, perquè acabar-se les sobres no fa per la noblesa del lleó. Sí, la Renard vol tenir-ho més fàcil per a menjar, ja ho veieu.

Hi va haver molts arguments d'una part i l'altra, tants, que tota la cort d'animals es va alterar i fou impossible l'elecció. I l'ós, el lleopard i la pantera, que tenien l'esperança de ser coronats reis, van dir que volien que la cort s'allargués fins que es pogués determinar quina bèstia era la més digna de ser el rei.

La Renard, però, es va adonar que l'ós, el lleopard i la pantera posposaven l'elecció perquè aspiraven a convertir-se en reis, i va explicar una faula d'homes:

—En una catedral s'havia de celebrar l'elecció d'un bisbe i hi havia un desacord absolut. Per una banda, els canonges volien que fos bisbe el sagristà d'aquella església, que era un home molt savi, llegit i ple de virtuts. Per altra banda, l'ardiaca (un alt càrrec de l'Església, que habitualment era el successor del bisbe) i el director del cant del cor pretenien que fos elegit bisbe l'ardiaca, tal com manava la tradició, i l'opció del sagristà no els agradava gens. Ells s'estimaven més que ho fos un canonge ras, un canonge que era molt bona persona i que no sabia de lletra. Aquell canonge, una persona dèbil i fàcil de manipular, seguia la discussió amb els ulls esbatanats, meravellat del que deien l'ardiaca i el director del cant del cor. Els arguments d'uns i altres anaven i venien, fins que un canonge va afirmar: «Si el lleó és el rei, i l'ós, la pantera i el lleopard van en contra de la seva elecció, sempre seran mal vistos pel rei, i vés a saber què els pot arribar a fer per castigar-los; en canvi, si el cavall és el rei, i el lleó comet alguna ofensa contra seu, com es podrà venjar, el cavall, que no és tan fort com el lleó?».

Quan l'ós, la pantera i el lleopard van acabar d'escoltar l'exemple que els havia posat la Renard, de sobte els va agafar molta por del lleó, i van consentir-ne l'elecció. Sí, que sigui el rei, devien pensar, i així evitarem que el lleó ens miri malament i es vengi d'haver-nos tingut en contra.

I va ser d'aquesta manera, per la força dels vots de l'ós i de les altres bèsties que menjaven carn, i malgrat la voluntat de les bèsties que s'alimentaven d'herba, que el lleó va ser coronat rei.

I quina va ser la primera decisió que va prendre el lleó? Donar permís a totes les bèsties que menjaven carn d'alimentar-se de les bèsties que es nodrien d'herba.

Després va ser l'hora d'acabar d'organitzar la cort, perquè el lleó volia veure quins animals el podrien ajudar. Un bon dia es van trobar per discutir-ho, i la vetllada es va allargar fins a gairebé la caiguda de la nit, sense que ni el rei ni els seus barons haguessin pogut menjar res. Quan finalment van tenir el parlament format, el lleó i els seus companys tenien gana i van demanar al llop i a la Renard què podien menjar. Aquests els van respondre que era tard per aconseguir res, a aquelles hores, però que allà a la vora hi havia un vedell, fill del bou, i un poltre, fill del cavall, i que si hi anaven podrien menjar a cor què vols. El lleó, doncs, va fer venir el vedell i el poltre... i se'ls van menjar.

El bou i el cavall es van indignar moltíssim per la mort dels seus fills, i van anar a buscar l'home perquè vengés aquelles morts. Però un cop el bou i el cavall es van haver presentat a l'home i es van oferir per servir-lo, l'home va decidir cavalcar el cavall i aprofitar el bou per a llaurar.

Al cap d'un cert temps, el cavall i el bou es van trobar, i es van preguntar com els anava tot. El cavall va dir que havia hagut de treballar molt servint l'amo, perquè el cavalcava tot el dia, el feia anar amunt i avall i el tenia pres de dia i de nit. El cavall desitjava amb totes les forces poder fugir d'aquella situació, deixar enrere l'home de qui s'havia convertit en esclau, i hauria tornat de bon grat a ser sotmès pel lleó, però hi continuava havent un escull: el lleó menja carn, i ara era el rei de les bèsties. El cavall, doncs, va rebutjar de tornar a les terres governades pel lleó, perquè en el fons preferia continuar treballant sota el jou de l'home, que no menja carn de cavall.

Quan el cavall va haver explicat la seva situació, el bou va relatar que ell es passava el dia llaurant, i que el seu senyor no li permetia menjar-se el blat que produïa la terra que ell mateix llaurava, sinó que, quan estava cansat de l'arada, el convidava a anar a pasturar les herbes que, mentre ell feia feina, s'havien menjat les ovelles i les cabres. El bou n'estava molt fastiguejat, i el cavall, com bonament podia, l'intentava consolar.

Mentre el bou i el cavall parlaven, se'ls va acostar un carnisser que venia a comprovar si el bou era prou gras, perquè el seu amo l'havia posat a la venda. El bou va explicar al cavall que el seu senyor pretenia vendre-se'l perquè el matessin i el convertissin en menjar per als homes. En entendre aquella situació, el cavall li va respondre que l'amo era un desagraït, i que trobava que allò era una mala recompensa després dels serveis que havia prestat al senyor.

Tant l'un com l'altre, cavall i bou, estaven en una situació ben llastimosa, i no van poder evitar de posar-se a plorar una bona estona.

Encara entre llàgrimes, el cavall va aconsellar al bou que fugís i que tornés a la seva terra, perquè era preferible estar en perill de mort però sense haver de treballar i entre els parents, que no pas en perill de mort i treballant de sol a sol amb un amo desagraït.

2

EL CONSELL DEL REI

Després de ser elegit rei, el lleó va fer un parlament davant del seu poble:

—Senyors, la vostra voluntat ha estat que jo sigui rei. Sapigueu tots que l'ofici de rei és molt perillós i que exigeix una feinada. És perillós perquè, tot sovint, per culpa dels pecats del rei, Déu envia a la terra fam, malalties, mort i guerres. És per això que ser rei és una tasca perillosa, i la seva forma de regnar, un perill per al poble. I com que és una feinada, tant per al rei com per al poble, us prego que junts em doneu consellers que m'ajudin i m'aconsellin, per tal de salvar-me i de salvar el poble. Us demano, això sí, que aquells consellers que em doneu siguin savis i lleials, dignes de ser consellers, així com ho és el rei.

Aquell discurs proclamat pel rei va agradar molt a tots els barons i al poble d'aquella cort, que es van reafirmar en la sensació d'haver triat un bon monarca. Es va arribar a l'acord que l'ós, el lleopard, la pantera, la serp i el llop fossin consellers reials. I tots aquests, en presència de la cort, van jurar que donarien consells lleials al rei en tot allò que fos al seu abast.

A la Renard, però, no li va agradar gens no haver estat escollida consellera del rei, i va decidir prendre la paraula per dirigir-se a tota la cort:

—Segons està escrit en l'Evangeli, Jesucrist, que és el rei del Cel i de la Terra, va voler tenir l'amistat i la companyia d'homes senzills i humils, i és per això que va triar els apòstols, que eren homes senzills i pobres, amb la intenció que, en tot cas, la seva virtut els enaltís i que, només aleshores, deixessin de ser senzills. Rectificant les opinions de tots vosaltres, us dic que a mi em sembla que el rei hauria de tenir com a consellers bèsties senzilles i humils, que no s'enorgullissin ni pel poder ni pel llinatge, i que no es volguessin comparar amb el rei. I aquestes bèsties senzilles i humils són les que s'alimenten d'herba, que són exemple d'esperança i humilitat.

A l'elefant, al porc senglar, al boc, al moltó i a les altres bèsties que vivien d'herbes els va semblar bé allò que acabava de dir la Renard, i totes van aconsellar al lleó que la Renard, que era brillant quan parlava i que tenia una gran saviesa, fos consellera reial. La Renard, és clar, hi va estar d'acord, i va defensar que l'elefant, el porc senglar, el boc i el moltó també fossin consellers.

L'ós, el lleopard i la pantera es van preocupar molt quan van entendre que potser la Renard acabaria sent consellera, perquè els feia pànic que aquella guineu, amb l'eloqüència i l'habilitat que tenia per a enganyar, provoqués la ira del rei contra ells, i més encara tenint en compte que havia estat una de les principals defensores de l'elecció del lleó com a monarca.

Per això, el lleopard va prendre la paraula i es va dirigir al rei:

—Senyor, qui cal que sigui a la vostra cort és el gall, que és bell i savi, i que sap ser el senyor de moltes gallines alhora. El gall, a més a més, canta a l'alba amb claredat i bellesa. Us convé molt més que ell sigui el vostre conseller que no pas la Renard.

L'elefant va afegir que era bo que el gall fos conseller reial, perquè quan calgués sotmetre la reina li donaria exemple, perquè despertaria el rei a l'alba, i perquè pregaria a Déu amb un cant clar i bell; i que la Renard era bona també com a consellera, perquè és una bèstia sàvia que sap moltes coses.

El lleopard va contradir l'elefant, i va argumentar que no són convenients com a consellers reials dues criatures que no s'entenen entre elles, perquè aquesta actitud podria destorbar el consell del rei.

A continuació va parlar la Renard, i va esgrimir que com a consellers reials calien bèsties belles i grans, com per exemple l'elefant, el porc senglar, el boc, el moltó o el cérvol, perquè davant de la presència del rei era convenient la bellesa.

Finalment convençut, el rei va acceptar que la Renard i els seus companys formessin part de la cort i del consell; i així hauria estat, si no fos perquè a l'últim instant el lleopard s'acostà al lleó i, a cau d'orella, li va murmurar:

—Senyor, temps era temps, un comte estava en guerra contra un rei. Resulta que el comte no era tan poderós com el rei, però se li va acudir de subornar un escrivà reial perquè li fes saber, en secret, les estratègies i maquinacions que faria servir el rei durant la guerra. Per culpa de la traïció d'aquest escrivà, que posava obstacles al poder del rei, no hi havia manera que s'acabés la guerra, malgrat que el comte era molt menys poderós.

Quan el lleopard va haver acabat de parlar i el lleó va haver entès la semblança, va concloure que el gall formaria part de la cort, i va descartar la Renard, per evitar que fes saber els plans del rei i dels seus companys que menjaven carn a l'elefant i a les altres bèsties que vivien d'herba.

3

LA TRAÏCIÓ QUE LA RENARD VA INTENTAR FER AL REI

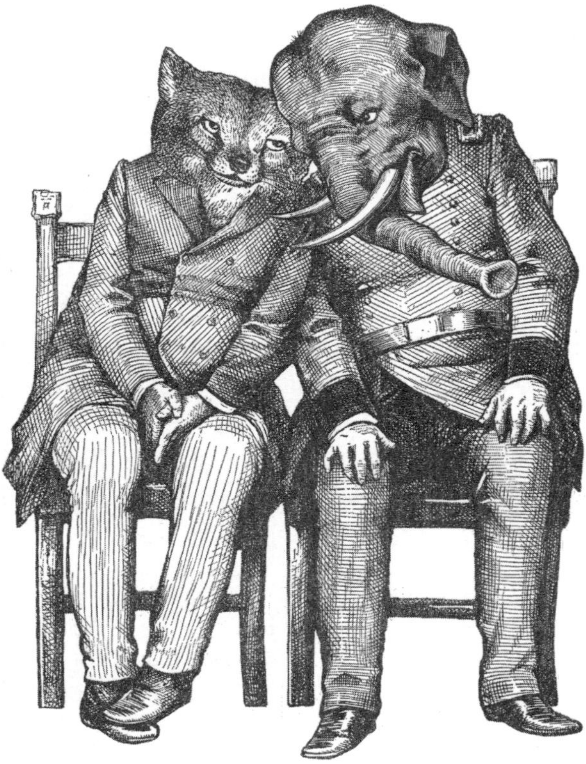

No formar part del consell reial no els va agradar gens ni mica, a la Renard i als seus companys, i des d'aquell moment la guineu va començar a maquinar per dur a terme la traïció al rei, a qui desitjava la mort amb tota l'ànima.

Dirigint-se a l'elefant, la Renard va sentenciar:

—D'ara endavant, hi haurà una gran enemistat entre les bèsties que mengen carn i les bèsties que mengen herba, perquè el rei i els seus consellers mengen carn, i vosaltres no teniu al consell cap bèstia que sigui com vosaltres ni que defensi els vostres drets.

L'elefant va respondre argumentant que tenia l'esperança que la serp i el gall serien raonables i defensarien els seus drets a la cort reial, perquè eren bèsties que no vivien de la carn. En sentir això, la Renard va explicar que en una terra hi havia un cristià que tenia per esclau un sarraí de qui es fiava molt i a qui feia totes les complaences. Malgrat això, el sarraí, com que era d'una religió contrària a la seva, no li podia correspondre de la mateixa manera, fins al punt que cada dia pensava com el podria matar.

—És per això, senyor elefant —va dir la Renard—, que heu de tenir en compte que la serp i el gall, encara que no mengin carn, són diferents a la vostra natura i a la dels vostres companys, que no són de confiança, i que no us n'hauríeu de refiar, i ja podeu pujar de peus que consentiran tot allò que us pugui perjudicar a vós i als vostres companys.

L'elefant va rumiar una bona estona al voltant del que li acabava d'explicar la Renard, i va meditar sobre el mal que els podria caure al damunt, tant a ell com als seus companys, si així ho volia el rei i els consellers reials.

Mentre l'elefant continuava considerant què hauria de fer, la Renard li va suggerir que no tingués por del rei ni dels consellers, perquè si ell volia ser monarca, ella, la Renard, faria tots els possibles per ajudar-lo a aconseguir-ho. Però l'elefant va dubtar que la Renard no el traís, perquè per natura havia d'estimar més les bèsties que vivien de carn que no pas les que vivien d'herba. I finalment s'adreçà a la Renard:

—En una terra hi havia un milà, que com sabeu és un ocell rapinyaire, que portava una rata mentre volava, i un ermità va pregar a Déu que aquella rata caigués a la seva falda. Per les oracions del sant home, Déu va fer caure aquella rata a la falda de l'ermità, que tot seguit va pregar a Déu que la convertís en una bella donzella. Déu va sentir els precs de l'ermità i va fer de la rata una bella donzella. «Filla», va dir l'ermità, «voleu el sol per marit?». «No, senyor, perquè al sol, els núvols li prenen la claror». Tot seguit l'ermità li va demanar si volia per marit la lluna, i la donzella li va respondre que la lluna no tenia claror per si mateixa, sinó que l'obtenia gràcies al sol. «Bella filla, voleu els núvols per marit?». Ella li va respondre que no, perquè el vent portava els núvols cap allà on volia. La donzella no va voler el vent per marit, perquè les muntanyes li aturaven el moviment, ni va voler les muntanyes, perquè les rates les foraden, ni va voler l'home per marit, perquè maten les rates. Al final, la donzella va suplicar a l'ermità que pregués a Déu que la tornés a convertir en rata tal com era abans, i que li donés per marit un bell ratolí.

Quan la Renard va haver sentit l'exemple, va saber de seguida que l'elefant sospitava d'ella i va témer que la descobrís, i va ser conscient que hauria estat millor dir al porc senglar que fos el rei, en lloc d'haver-ho proposat a l'elefant. Però perquè ningú no sospités de les seves intencions, encara va insistir dient que volia que l'elefant fos el rei:

—En una terra hi havia un cavaller que tenia una dona i un fill molt bell. La muller es va morir, i el cavaller es va casar amb una altra dona, que odiava el fill estimat del cavaller. Quan el fill va tenir vint anys, la dona va pensar la manera perquè el marit fes fora de casa el fill, i se li va ocórrer de dir al marit que el fill li havia fet proposicions deshonestes. Com que el cavaller estimava amb devoció la seva dona, es va creure de seguida tot el que li havia dit, va fer fora el fill de casa i li va dir que no el volia tornar a veure mai més. El fill es va enfadar molt, i va sentir una ira profunda contra el pare perquè l'havia fet fora de casa i l'havia deixat d'estimar.

Després de l'exemple que la Renard havia explicat, l'elefant es va consolar una mica, i va creure's allò que la Renard li havia dit: potser sí que calia que ell fos el rei. Així doncs, va preguntar a la Renard com podria aconseguir que el rei morís i que després ell fos elegit rei, tenint en compte que el lleó era molt fort i tenia uns consellers molts savis, mentre que la guineu era tan poca cosa i tenia tan poc poder.

La Renard va contestar-lo amb un nou exemple:

—En una terra llunyana, totes les bèsties van acordar de donar cada dia una bèstia al lleó per evitar que les perseguís quan caçava. El lleó va acceptar el tracte. Cada dia aquelles bèsties triaven a l'atzar qui havia de ser l'àpat del lleó. Un dia, la dissort va recaure sobre una llebre, i aquella llebre va trigar fins al migdia a anar cap al lleó, perquè la mort la tenia atordida. El lleó es va enfurismar de valent perquè tenia gana i la llebre havia trigat massa, i va preguntar a la llebre quin era el motiu d'aquella tardança. La llebre es va excusar, i va explicar que prop d'aquell lloc hi havia un lleó que afirmava ser el rei d'aquella terra, i que l'havia estat a punt d'agafar. El lleó es va indignar i va creure que allò que deia la llebre era veritat, i li va demanar que li ensenyés aquell altre lleó. La llebre es va posar de camí i el lleó la va seguir.

La llebre va anar fins a una gran extensió d'aigua, que era una bassa envoltada per un mur. Els dos animals es van situar damunt del mur, molt a la vora de l'aigua, i els reflexos de la llebre i el lleó van aparèixer damunt de la superfície aquàtica. Aleshores la llebre va dir al lleó: «Senyor, veieu el lleó que és a l'aigua i que es vol menjar una llebre?». El lleó es va pensar que el seu reflex era l'altre lleó, i va saltar a l'aigua per combatre contra aquell animalàs. La llebre, gràcies al seu enginy, va matar el lleó, que va morir ofegat.

Un cop l'elefant va haver sentit aquest exemple, va explicar aquest altre a la Renard:

—Un rei tenia dos joves que s'ocupaven de cuidar-lo. Un dia va ocórrer que el rei seia al tron i que al seu davant es va reunir una munió d'alts barons i de cavallers. Just llavors, un d'aquells dos joves que l'assistien va veure una puça damunt del preciós vestit de seda blanca que lluïa el rei. El jove va demanar al monarca que li donés permís per acostar-s'hi i per agafar-li la puça que tenia al mantell. El rei va donar llicència al jove perquè s'hi apropés, i el jove va agafar la puça. El monarca va voler veure-la, la va mostrar als seus cavallers i els va dir que era ben sorprenent que una bèstia així de poca cosa gosés acostar-se al rei. Com a recompensa, el monarca va fer donar al jove cent monedes d'or. L'altre jove va tenir enveja del seu company, i l'endemà va posar un poll ben gros al mantell del rei, i li va dir paraules semblants a les que, el dia abans, havia verbalitzat el seu company. El jove, així doncs, va donar el poll al rei, però aquesta vegada el monarca es va irritar molt, i va dir que mereixeria morir, perquè ell no tenia vestits amb polls, i va ordenar que clavessin cent assots al jove.

La Renard es va adonar que l'elefant tenia por de ser rei, i es va meravellar de veure com, en un cos tan gran com el seu, hi podia cabre la por. Aleshores es va adreçar a l'elefant:

—S'explica que la serp, juntament amb Eva, que era l'única dona, va provocar la ira de Déu contra Adam i tots els seus successors. Per tant, si la serp i Eva van fer tant de mal, també pot passar que jo, amb el meu seny i el meu enginy, pugui aconseguir que el rei esclati d'ira contra el seu poble.

Una vegada que la Renard va haver contat l'exemple d'Eva, l'elefant va creure que era possible trair el rei, i va dir a la guineu que ell acceptaria el càrrec tan bon punt la Renard hagués aconseguit fer morir el monarca. La Renard va assegurar a l'elefant que ella intentaria que el rei morís, i l'elefant li va prometre molts dons i molts honors si aconseguia que fos rei.

4

COM LA RENARD VA SER EL PORTER DEL REI

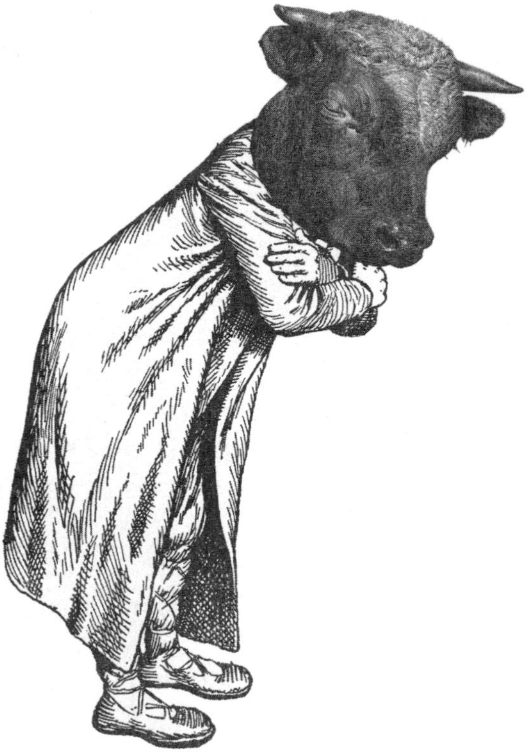

A la cort reial, es va ordenar que el gat fos el cambrer del rei, i que el gos en fos el porter. El gat va ser triat com a cambrer perquè es menja les rates, que fan malbé la roba, i perquè té una figura semblant a la del lleó. El gos va ser escollit porter perquè, quan lladrava, se sentia des de molt enllà, i així faria saber al rei l'arribada d'aquells que venien de lluny.

Mentre el gat i el gos feien la seva feina, la Renard va anar a buscar el bou i el cavall, que havien marxat de la cort. Es va trobar el bou en un camí enmig d'una gran plana, just quan retornava a les terres reials. Es van saludar amb efusivitat, i el bou li va explicar com estava. Li va fer saber que havia estat ell qui lliurement havia anat cap a l'home, i que després l'home l'havia tingut molt de temps al seu servei, i també que, a la fi, l'home l'havia volgut vendre a un carnisser que el volia matar. Per la seva banda, la Renard va explicar al bou l'estat de la cort.

—Senyor bou —va dir la Renard—, i ara quina és la vostra intenció?

El bou va confessar a la Renard que venia per estar-se a la cort del rei, i que fugia de l'home perquè l'havia volgut vendre per matar-lo. La Renard li va respondre de la forma següent:

—En un reialme hi havia un rei amb molts mals costums, i que, a més a més, tenia un consell malvat. I per culpa de la malícia del rei i del consell, tot el reialme estava sota la desgràcia i la ira de Déu, perquè el mal que el rei i el consell feien a la gent del reialme era incalculable. I resulta que el mal que el rei i el consell feien a aquella terra va durar tant de temps que els habitants no ho van poder sofrir, i per la mala vida i el mal exemple del rei i del consell, la gent va acabar desitjant la mort del monarca i dels consellers.

El bou va entendre el que explicava la Renard, que el rei i el seu consell eren malvats, i va tenir dubtes d'anar de nou a estar sota el seu govern malvat. I, dirigint-se a la Renard, va exposar:

—En una ciutat hi havia un bisbe que no actuava gens d'acord amb el seu ofici. Per la malícia i la deshonestedat, i pel mal exemple que donava a la seva cúria i a la gent d'aquella ciutat, es feia molt de mal i es perdia molt del bé que hi podria haver en aquella ciutat si el bisbe hagués estat com hauria de ser, segons la regla i la doctrina que Jesucrist va impartir als apòstols i als seus successors. Un dia, aquell bisbe va cometre una gran injúria i després se'n va anar a cantar missa. Un canonge va trobar tan abominable aquella falta del bisbe, que va marxar de la ciutat i se'n va anar a viure amb els pastors al bosc, i va sentenciar que era millor estar-se amb els pastors que guarden les ovelles dels llops que no pas amb el pastor que mata les seves ovelles i les dóna als llops.

Un cop el bou va haver dit l'exemple, va explicar a la Renard que marxaria d'aquella terra, i que no es volia posar a disposició del rei ni del seu consell, ja que governava d'una forma malvada.

—Senyor bou —va dir la Renard—, heu sentit mai la pregunta que va fer un ermità al rei?

—Quina va ser aquesta pregunta? —va respondre el bou.

La Renard va explicar que en una muntanya alta hi havia un sant ermità. Aquell ermità era una persona de vida santa, i havia de sentir cada dia moltes queixes sobre el rei d'aquella terra, que era un home pecador i de mal govern, sobre el qual la gent deia coses terribles. El sant home estava molt disgustat amb la mala conducta que seguia el rei, i es va proposar fermament d'induir-lo a actuar bé. El bon home va baixar de la seva ermita i es va dirigir a una bella ciutat on s'estava el rei. «Senyor», va dir el bon home al rei, «per Déu, què us sembla que és més agradable en aquest món: la vida ermitana o la vida de rei que està ben acostumat a governar el seu poble?». El rei va pensar una bona estona en la pregunta abans de respondre i, al final, va contestar que la vida de rei amb bones obres aporta un major bé que no pas la vida ermitana. «Senyor», va dir l'ermità, «la vostra resposta em satisfà molt, perquè segons el que dieu un rei malvat causa més perjudici que tot el bé que cap ermità pugui fer en el seu ermitatge. I és per això que he baixat de la meva ermita i he vingut a veure-us, perquè em proposo d'estar amb vós tant de temps com calgui, fins que vós i el vostre regne actueu correctament, per dir-vos les paraules de Déu, gràcies a les quals tingueu amor cap a ell, i el conegueu i el temeu». Aquell ermità es va estar molt de temps a la cort reial dient les bones paraules de Déu, gràcies a les quals el rei va passar a actuar bé, i tot aquell regne va ser governat amb justícia.

Quan la Renard va haver contat l'exemple, es va adreçar al bou:

—Senyor bou, vós sou una bèstia semblant a l'ermità i, si ho voleu, jo us aconsellaré perquè pugueu induir el rei, senyor meu i vostre, a actuar correctament. I del que fareu, en vindrà el bé.

El bou va prometre a la Renard que ell faria tot el bé que podria perquè el rei i el seu poble tinguessin una bona conducta. Aleshores, la Renard va aconsellar al bou que s'estigués en un bell prat que era a la vora d'aquell lloc on hi havia el rei i els seus barons, i que mengés i descansés per estar saludable i per poder bramular amb potència.

—Tot seguit, senyor bou, quan estigueu ben robust i fort, bramuleu tan fort com pugueu tres vegades durant el dia i tres vegades durant la nit, i mentrestant jo hauré parlat amb el rei de la vostra situació.

El bou va seguir el consell de la Renard, i la guineu se'n va tornar cap a la cort del rei.

Una vegada que el bou va haver descansat i quan ja estava recuperat i sa, va començar a bramular molt fort. Quan la Renard el va sentir, se'n va anar davant del rei i s'hi va estar mentre el bou prosseguia amb aquells esgarips. El rei tenia tanta por quan el bou bramulava que no era capaç de sostenir-se dret ni podia evitar d'estremir-se, i passava vergonya per si els seus barons el prenien per covard. Mentre el rei estava així de temorós, i quan encara cap dels seus barons no ho havia percebut, la Renard es va acostar al monarca. En fer-ho, el gall va cantar i el gos va bordar. Al rei, però, li va agradar que la Renard s'hi acostés, i li va demanar si sabia de quina bèstia era aquella veu que se sentia, perquè estava convençut que havia de ser una bèstia gran i forta, amb aquella veuassa.

—Senyor —va dir la Renard—, en una vall hi havia un joglar que va penjar el seu pandero dalt d'un arbre, i el vent movia aquell timbal i el feia repicar contra les branques. Pel cops que el timbal feia contra l'arbre, sortia del pandero una gran veu, que ressonava per tota la vall. Un simi que hi havia per aquella vall va sentir el so i se'n va anar cap al pandero. Aquell simi va creure que, com que el so era tan potent, el pandero devia estar ple de mantega o d'alguna cosa bona per menjar. Però quan el simi va esquinçar el pandero, se'l va trobar buit. Així doncs, senyor —va dir la Renard al lleó—, podeu pensar que aquesta veu que sentiu és d'una bèstia que és buida, i que no té la força que sí que té la veu. Sigueu forts, ardits i coratjosos, perquè al rei no li queda bé la por ni ha d'esporuguir-se per allò que no sap què és.

Mentre la Renard deia aquestes paraules al rei, el bou va cridar i va bramular molt fort, i els seus crits van ressonar fins allà on era el lleó, i el van fer estremir de nou, tant a ell com als seus companys. El rei no va poder evitar de donar senyals de por, i va dir que si la força d'aquella bèstia era segons la seva veu, no estarien segurs en aquell lloc. El bou va bramular una altra vegada, i el lleó i tots els que formaven el consell van sentir pànic un cop més. En canvi, la Renard no va mostrar cap senyal d'estar esporuguida sinó que va romandre tranquil·lament davant del rei. El rei i tots els altres es van meravellar molt que la Renard no tingués por, i finalment el lleó es va dirigir a la Renard amb aquestes paraules:

—Renard —va dir el rei—, com pot ser que tu no tinguis por d'aquesta veu tan gran i tan estranya? Fixa't que jo, que sóc tan poderós, i l'ós i el lleopard i tots els altres animals, que som més forts que tu, en tenim pànic.

La Renard va respondre al rei:

—Un corb feia el niu en una roca, i cada any una gran serp se li menjava els fills. El corb bullia d'ira contra aquella serp que li matava les cries, però no gosava combatre-hi, perquè no era prou poderós per a vèncerla amb la força. El corb va pensar que s'ajudaria de l'enginy, ja que li mancava la força. Un dia, la filla del rei jugava amb les seves donzelles en un jardí, i va deixar una garlanda d'or, argent i pedres precioses damunt la branca d'un arbre. El corb va agafar aquella garlanda i va volar molta estona, mentre un munt d'homes el seguia per veure on deixaria aquella garlanda que la filla del rei tant estimava, i per la qual tant plorava, després que el corb se l'hagués endut. El corb va posar la garlanda allà on hi havia la serp, i els homes, quan van anar a agafar la garlanda, van veure la serp i la van matar. D'aquesta manera, el corb es va ajudar dels altres per a batre la serp, amb art i enginy. Així, senyor —va dir la Renard al lleó—, jo tinc tant art i enginy que si no pogués vèncer per la força la bèstia que té aquesta veu tan potent i tan terrible, m'ajudaria de l'art i de l'enginy, i seria capaç de matar-la amb crueltat.

Quan la Renard va haver explicat la faula, la serp, que era un dels consellers del rei, va respondre amb un altre exemple:

—En un estany hi havia un agró, que és un ocell que s'alimenta de peixos, i que estava acostumat a pescar sempre que volia. Aquell agró es va fer vell i, per culpa de la vellesa, sovint fallava a l'hora d'atacar una presa. L'ocell va pensar com sortir-se'n amb art i enginy, sense saber que allò li causaria la mort.

El lleó va dir a la serp que contés què va causar la mort de l'agró.

—Senyor —va dir la serp—, aquell agró es va estar un dia, del matí a la nit, sense poder pescar res, palplantat, tot trist, a la riba d'aquell estany. Un cranc es va sorprendre del que li passava a l'ocell, que no pescava com solia fer, i li va preguntar per què estava preocupat. L'agró, somicant, va explicar que sentia molta pietat pels peixos d'aquell estany, amb qui havia viscut tant de temps, i que li feia molta pena la seva mort i el seu mal, perquè hi havia dos pescadors que pescaven en un estany proper i es proposaven d'arribar-se fins allà, un cop haguessin acabat la feina a l'altre estany. «Aquells pescadors en saben molt, de pescar, i agafaran tots els peixos d'aquest estany». El cranc, després de sentir aquestes paraules, va tenir molta por, i ho va fer saber als peixos de l'indret. Tots els peixos es van unir, van anar fins al davant de l'agró i li van demanar que els aconsellés. «No hi ha cap altre consell», va dir l'agró, «que no sigui el següent: que jo us porti, d'un en un, a un estany que hi ha a una llegua de distància. En aquell estany hi ha moltes canyes i molt de fang, i això impedirà que els pescadors us puguin fer mal». Als peixos els va semblar bé, i cada dia l'agró agafava tants peixos com volia, i feia veure que els portava cap a l'estany que els havia dit, però s'aturava en un puig i s'hi menjava el peix que duia; i després retornava i n'agafava un altre. L'agró va actuar d'aquesta forma durant molt de temps, i així podia viure sense la feinada que li suposava pescar. Va haver-hi un dia que el cranc va pregar a l'agró que el portés a aquell estany. L'agró va estirar el coll i el cranc s'hi va agafar amb dues mans. Mentre l'ocell volava amb el cranc penjat del coll, el cranc es va sorprendre de no veure l'estany on se suposava que l'agró el portava. Quan l'ocell va ser a la vora d'aquell lloc on s'acostumava a menjar els peixos, el cranc va veure les espines que l'agró havia deixat, i va adonar-se de l'engany. El cranc es va dir a si mateix: «Mentre tinguis temps, cal que lluitis contra aquest que se't vol menjar». Aleshores el cranc va estrènyer tan fort el coll de l'agró que l'hi va trencar, i l'agró va caure mort a terra. Tot seguit, el cranc va tornar amb els seus companys, i els va explicar la traïció de l'agró, i la forma com l'havia mort.

—Senyor —va dir la Renard—, en aquell temps en què Déu va fer fora Adam del paradís, Déu va maleir la serp, que havia aconsellat Eva de menjar-se el fruit que Déu havia prohibit a Adam, i des d'aleshores totes les serps són horribles de veure, i són verinoses, i per la serp vénen tots els mals que hi ha al món. I és per això que un home savi va fer fora una serp del consell del rei, encara que aquest se l'estimava molt.

El lleó va demanar a la Renard que expliqués aquella història.

—Senyor —va dir la Renard—, un rei havia sentit parlar d'un sant home molt savi i va requerir que l'anessin a buscar. Aquell sant home va anar fins al rei, i aquest li va demanar que es quedés amb ell i que l'aconsellés sobre com podia governar el regne, i que el renyés pels seus vicis si n'hi coneixia cap. El sant home es va quedar amb el monarca amb la intenció d'aconsellar-lo per fer bones obres i per esquivar el mal. Un dia, el rei tenia un consell sobre un fet important que havia ocorregut al reialme. A la vora d'aquell monarca hi havia una gran serp, que era la principal consellera del rei per damunt de tots els altres consellers. Aquell sant home, quan va veure la serp, va demanar al monarca què significava un rei en aquest món, i aquest va respondre: «El rei és establert en aquest món per representar Déu, és a dir, perquè faci que hi hagi justícia a la terra i per governar el poble que Déu li ha encomanat». «Senyor», va preguntar el savi, «quina bèstia va ser més contrària a Déu quan va crear el món?». El monarca va contestar que la serp. «Senyor rei», va seguir el savi, «segons la vostra resposta es dedueix que heu de matar la serp, i que cometeu un gran pecat tenint-la a la vostra cort, perquè si vós representeu la imatge de Déu en tant que rei, heu d'odiar tot allò que Déu odia, i sobretot allò que Déu odia amb més força». Per les paraules que el sant home havia dit al monarca, aquest va matar la serp, sense que la serp trobés cap art ni enginy per a escapolir-se de la mort.

Quan la Renard va haver explicat l'exemple, el bou va cridar i va bramular tan fort que va fer estremir tot aquell lloc, i el lleó i tots els altres van tenir molta por altra vegada. Així doncs, la Renard va assegurar al rei que, si ell volia, aniria fins a la bèstia de qui sortia aquella veu tan estranya i intentaria de portar-la-hi, perquè estigués en la seva companyia. Al lleó i a tots els altres els va agradar que la Renard anés a veure aquella bèstia que cridava. La Renard va pregar al rei que si aconseguia portar aquella bèstia fins a la cort, volia que estigués sana i salva, i que ningú no li fes mal ni l'ataqués de cap manera. I el lleó, davant del consell, va concedir a la Renard allò que li havia demanat.

La Renard va anar fins a aquell prat on el bou estava reposant. Quan el bou la va veure va estar molt content de la seva arribada, i tots dos se saludaren afectuosament. Un cop saludats, la Renard va explicar al bou tot allò que li havia passat després d'haver marxat.

—Bon amic —va començar la Renard—, anireu davant del rei amb posat humil, i en els vostres gestos fareu que s'intueixi una gran saviesa. Jo diré que sentiu un absolut penediment d'haver estat fora del territori reial i, davant de tots, demanareu perdó al rei per haver anat a estar amb l'home, i d'haver-vos posat sota un altre regnat. Ho fareu de tal manera, bon amic, parlant i estant davant del rei i de la cort, que el monarca i tot el consell es complauran de les vostres paraules i dels vostres gestos. I encara més, després explicareu al rei l'organització dels homes, i li aconsellareu que tingui amistat amb el seu rei.

El bou i la Renard van anar fins a la cort reial. Quan el rei i els barons els van veure arribar, de seguida van reconèixer el bou, i tots es van sentir estúpids per la por que li havien tingut. El lleó es va meravellar de com el bou podia tenir aquella veu tan forta, gran i terrible. El bou va fer al seu senyor aquella reverència que cal fer a un rei, i aquest li va preguntar com estava. El bou li va explicar tot el que li havia passat mentre servia l'home. El rei va confessar al bou que estava fascinat pel canvi de la seva veu, i el bou va justificar que cridava amb temor i amb contenció perquè tenia por que el rei i tota la cort el miressin malament per haver abandonat durant tant de temps el reialme. I com que el temor i la contenció feien tremolar el seu coratge, això li havia fet canviar la veu, que simbolitzava temor, terribilitat i espaordiment, perquè sortia d'un cor on bategava la por i el penediment. El bou va demanar perdó al rei, que el va perdonar en presència de tota la cort.

A continuació, el lleó va preguntar al bou per l'estat del rei dels homes, i el bou li va confirmar que la serp havia dit la veritat, que la més mala bèstia i la més falsa que hi ha en aquest món és l'home. El lleó va manar al bou que li raonés per què la serp havia dit que l'home és la bèstia més dolenta i falsa que hi ha al món:

—Senyor —va dir el bou—, una vegada un ós, un corb, un home i una serp van caure al fons d'una sitja. Per allà on hi havia aquella sitja va passar un sant home que era ermità, i quan va mirar cap allà els va veure a tots quatre dins de la sitja i que no en podien sortir. Tots junts van pregar al sant home que els tragués de la sitja, i cadascun li va prometre una bona recompensa. Aquell home va treure de la sitja l'ós, el corb i la serp, i quan en va voler treure l'home la serp li va dir que no ho fes, perquè no n'aconseguiria cap guany. L'ermità no va voler creure el consell que li donava la serp i va rescatar l'home de la sitja. L'ós va regalar al sant home un rusc d'abelles, tot ple de bresques. Quan l'ermità es va haver menjat totes les bresques que va voler, se'n va anar cap a una ciutat on volia predicar. En entrar a la ciutat, el corb li va oferir una garlanda preciosa, que era de la filla del rei, a qui li havia tret del cap. L'ermità va agafar la garlanda amb molt de goig, perquè era extraordinàriament valuosa. Per aquella ciutat hi havia un home que anava cridant tot dient que qui tingués aquella garlanda fes el favor de retornar-la a la filla del rei, i que si així ho feia li oferiria una gran recompensa, mentre que si tenia la garlanda amagada i algú ho descobria, li cauria una pena molt dura. El bon ermità va anar a un carrer on hi havia l'home que havia tret de la sitja, i que va resultar ser argenter. El sant home va donar en secret la garlanda a l'argenter, i l'argenter la va portar a la cort i va acusar el sant home. Aquell sant home va ser agafat, colpejat i empresonat. La serp que el sant home havia tret de la sitja va anar a buscar la filla del rei, que dormia, i li va mossegar la mà. La princesa va cridar i plorar, i se li va inflar moltíssim la mà. El rei es va enfurismar per la malaltia de la filla, que tenia la mà inflada i enverinada, i va fer cridar per tota la ciutat que donaria una gran recompensa a qui la pogués curar. La serp va anar a buscar el rei, i mentre dormia li va xiuxiuejar que a la presó de la cort hi havia un home pres que tenia una herba amb què podria guarir la seva filla. La serp havia donat aquella herba al bon home, i li havia ensenyat com calia aplicar-la a la mà de la filla del rei, i li havia dit que després hauria de demanar al monarca que fes justícia amb l'argenter, que tan mala recompensa li havia ofert. Tot va succeir tal com la serp havia ordenat: el sant home va ser alliberat de la presó i el rei va fer justícia amb l'argenter.

Al lleó i a tot el consell els va agradar molt l'exemple que el bou havia explicat en contra de l'home, i el monarca va preguntar al bou si creia que ell havia de tenir por del rei dels homes. El bou va assegurar al lleó que era molt perillós estar enemistat amb el rei dels homes, perquè d'un home malvat, poderós i astut, no hi ha cap bèstia que se'n pugui defensar.

El lleó va rumiar una bona estona sobre el que el bou li havia explicat. La Renard, en adonar-se que el lleó tenia por del rei dels homes, es va adreçar al rei:

—Senyor, la bèstia més orgullosa i aquella que té més avarícia que cap altra és l'home. És per això, si us sembla bé a vós i al vostre consell, que estaria bé que enviéssiu missatgers i regals al rei dels homes, i que li expliquéssiu de part vostra la bona voluntat que teniu. D'aquesta manera, el rei us estimarà, tant a vós com al vostre poble.

El rei i el consell van trobar molt correcte el que deia la Renard, però el gall s'hi va oposar amb aquestes paraules:

—En una terra va passar que la força i l'enginy es contrastaven davant del rei. La força deia que, per natura, ella manava sobre l'enginy, i l'enginy deia el contrari. El rei va voler saber quin dels dos havia de manar sobre l'altre, i els va fer combatre: l'enginy va guanyar i va superar la força. És per això, senyor rei —va dir el gall—, que si teniu amistat amb el rei dels homes, i li envieu missatgers i ell també us n'envia a vós, aquells missatgers que ell us enviï us coneixeran de tal manera, a vós i també als vostres barons, que no us podreu defensar del rei dels homes, perquè combaten amb habilitat i enginy, i s'apoderen de tots aquells que lluiten amb la força sense habilitat ni enginy.

Per contra, la Renard va argumentar que Déu fa el que fa amb poder i sense habilitat ni enginy, i per això convé que, per natura, siguin més poderosos en la batalla tots aquells que combaten amb armes semblants a les de Déu, que no pas aquells que tenen armes diferents.

Al lleó li va agradar molt l'exemple de la Renard, i va voler tant sí com no enviar regals i missatgers al rei dels homes. Així doncs, el monarca va demanar quins missatgers li aconsellaven que anessin a veure el rei del homes, i quins regals li havia de fer arribar; i la Renard li va contestar que el bou l'hauria d'aconsellar, perquè ell coneixia els costums dels homes i sabia què era el que més els agradava. El rei va dir al bou que seguiria el seu consell, tant sobre els missatgers com sobre els regals que volia fer arribar al rei dels homes. I aleshores el bou va respondre:

—Senyor rei —va dir el bou—, és costum del rei dels homes que, quan envia missatgers, els enviï del seu consell, i que siguin dels més nobles que hi tingui. Els més nobles consellers que vós teniu em sembla que són la pantera i el lleopard. D'altra banda, el gat s'assembla a la vostra imatge, i el rei valorarà molt si per regals li envieu el gat i el gos; el gat perquè s'assembla a vós, i el gos perquè l'ajudi a l'hora de caçar, que els homes són molt aficionats a la caça.

Tal com havia dit el bou, va fer el lleó, que va enviar, doncs, la pantera i el lleopard com a missatgers, i el gos i el gat com a regals. Quan els missatgers van haver marxat de la cort, el rei va nomenar com a cambrer el bou, i la Renard va passar a fer l'ofici que abans exercia el gos.

5

ELS MISSATGERS QUE EL LLEÓ VA ENVIAR AL REI DELS HOMES

El lleó va adoctrinar el lleopard i la pantera perquè fossin uns bons missatgers, i ho va fer amb aquestes paraules:

—La saviesa del senyor es demostra amb uns missatgers savis, que parlin bé, que aconsellin correctament i que estiguin d'acord amb el que diu el seu amo; i la noblesa del senyor es demostra amb missatgers que facin despeses de manera honrada, que vagin ben vestits, que duguin una comitiva ben nombrosa i ben guarnida, i que no tinguin avarícia, ni luxúria, ni supèrbia, ni ira, ni cap altre vici. Tot això i molt més és necessari en els missatgers d'un príncep noble, per tal que el missatge sigui agradable al príncep i a la cort a la qual va enviat.

Un cop el lleó va haver alliçonat els missatgers sobre la manera com havien de parlar al rei i com s'havien de comportar, aquests van marxar de la cort i van fer un llarg recorregut per terres diverses. Va ser així com els missatgers van arribar a una ciutat on el rei tenia un gran parlament. A l'entrada d'aquella ciutat hi havia un grup de prostitutes que, en presència dels missatgers, pecaven amb els homes. En veure-ho, els missatgers se'n van sorprendre molt, i el lleopard va dir al seu company:

—Un senyor tenia una dona que s'estimava molt. Aquell senyor llogava a una prostituta una habitació que era a la vora de casa seva. La dona del senyor veia sovint entrar els clients de la prostituta, fins que va caure de quatre potes en la temptació, i es va passar un bon temps cometent el pecat de la luxúria. Un dia, el marit la va trobar pecant amb un home. El senyor es va indignar moltíssim per la baixesa moral de la dona, però ella li va respondre així: «Una vegada hi havia dos bocs salvatges que lluitaven en un prat, i per culpa dels cops que s'etzibaven els sortia sang del front, que anava caient damunt la bella herba d'aquell lloc on combatien, mentre una guilla l'anava llepant. De sobte, els dos bocs es van envestir bruscament, i es van trobar al mig la guilla, i, és clar, la van ferir pels dos costats. El cop que van etzibar a la guilla va ser tan fort que la van matar, i mentre es moria, la guilla va dir que ella era la culpable de la seva mort».

—Senyor lleopard —va dir el gos—, és admirable com els homes, que creuen en Déu, n'arriben a ser, d'inconscients, i permeten que aquestes prostitutes pequin en presència de la gent que surt i entra de la ciutat. Transmet la sensació que el senyor d'aquesta ciutat i els seus habitants són luxuriosos i que, tal com ho fem els gossos, cauen en la luxúria sense vergonya.

Després que el gos hagués adreçat aquestes paraules al lleopard, tota la comitiva enviada pel lleó va entrar a la ciutat i se'n va anar cap a l'hostal. Tot seguit, el lleopard i la pantera van dirigir-se a veure el rei amb els regals que portaven.

Els missatgers es van estar molts dies en aquella ciutat abans de poder parlar amb el rei, perquè el monarca tenia el costum de deixar-se veure només de tant en tant, convençut que així demostrava la seva noblesa i importància. Després de tot un dia d'estar-se davant de la porta del rei i no poder-hi parlar, els missatgers es van sentir defraudats pel rei i indignats de ser a la seva cort. Aleshores, un home injuriat, que havia estat molt de temps en aquella cort i que tampoc no havia pogut ser rebut pel rei, els va parlar:

—Déu, que és el rei del Cel i de la Terra i de tot el que existeix, és humil perquè totes les vegades que algú el vol veure i parlar-hi el pot veure i li pot confessar el que sigui. Aquest rei, Déu, no té porters a qui calgui subornar, ni té consellers que per diners no es comportin correctament o enganyin, ni fa cas d'adulacions, ni fa que veguers, jutges, batlles o procuradors siguin orgullosos, vanagloriosos, avars, luxuriosos o injuriosos. Beneït sigui aquest rei i tots aquells que l'estimen, el coneixen, l'honren i el serveixen!

En sentir el que sentenciava aquell home, els missatgers van entendre que el rei que havien anat a visitar era una persona injuriosa, i la pantera va dir al lleopard:

—Un rei volia donar la seva filla per muller a un altre monarca, i en secret va enviar un cavaller a la terra d'aquell altre rei per poder acordar-ne les condicions. Aquell cavaller va preguntar als pagesos i a la gent del poble pel comportament del rei, i només n'hi van dir coses dolentes. Un dia, aquell cavaller va trobar dos joglars que venien de la cort, on havien estat obsequiats amb diners i vestits. El cavaller va demanar als joglars pels costums del rei, i ells li van respondre que el monarca era generós, caçador i amant de les dones, i encara li van dedicar moltes més lloances. Justament per aquells elogis dels joglars i per les crítiques que el rei rebia del seu poble, el cavaller va tenir clar que es tractava d'un home dolent i de costums vils. El cavaller va explicar al seu senyor el que havia sentit a dir del rei, i el monarca no va voler donar-li la filla, perquè va tenir recel de lliurar-la a un home amb tan poca rectitud.

Els missatgers van entrar davant del rei i li van donar els regals que li enviava el lleó. També li van donar una carta de part del seu senyor, que contenia aquestes paraules: «En una província hi havia un rei que tenia uns barons molt honrats i que eren homes de gran poder. El rei, per tal que els seus barons el temessin, i amb l'objectiu de poder tenir pau i justícia a la seva terra, va procurar com fos d'entaular una bona amistat amb l'emperador. L'emperador estimava molt el rei, pels plaers que el rei li proporcionava i pels bons costums en què vivia, i els barons del rei, per por de l'emperador, no gosaven desobeir el seu senyor en res que els manés, i era així com s'estaven calmats i el rei tenia la terra en pau».

Quan el rei va haver sentit la carta que el lleó li havia enviat i va haver agafat els regals, va donar el gat a un venedor de teixits que tenia al davant i, el gos, a un cavaller que li agradava molt anar de cacera. Als missatgers, no els va agradar gens que el rei hagués donat el gat al venedor de teixits, perquè no era un home honrat, i perquè el lleó havia enviat el gat perquè s'assemblava a ell.

Quan els missatgers van haver retornat a l'hostal després d'haver parlat molta estona amb el rei sobre el missatge que li havien de transmetre, el gos va arribar al mateix hostal, i els va explicar que estava molt disgustat amb el rei per haver-lo lliurat a aquell cavaller, perquè el feia caçar contra els súbdits més humils del lleó, i que li sabia greu de fer res contra el que havia estat el seu senyor.

Un dia que tenia una gran cort, el rei va convidar-hi els missatgers. El rei i la reina, acompanyats de molts cavallers i de moltes dones, van menjar en una sala preciosa, i al seu davant menjaven els consellers. Mentre el rei i la reina s'alimentaven, els joglars cantaven i tocaven els instruments amunt i avall de la sala, i també feien càntics deshonestos i contraris a la bona educació. Aquells joglars lloaven allò que calia criticar, i criticaven allò que caldria elogiar, i el rei, la reina i tots els altres reien i sentien plaer amb el que feien els joglars.

Mentre el rei i tots els altres s'ho passaven bé amb el que feien i deien els joglars, un home pobrament vestit i amb una gran barba va arribar a aquella sala i, davant la presència del rei, de la reina i de tots els altres, va etzibar:

—Que no s'oblidi el rei, ni la reina, ni els seus barons, ni tots els altres, grans i petits, ni qualsevol que estigui menjant en aquesta sala... que ningú no s'oblidi que Déu va crear totes les criatures que són a la taula del rei i totes les altres. I que les va crear diverses i bones per a ser menjades, i que les va fer venir de terres llunyanes per tal que estiguessin al servei de l'home, i que l'home estigués al servei de Déu. Que ni el rei ni la reina es creguin que Déu s'oblida de la deshonestedat ni del desordre que hi ha en aquesta sala, on Déu està sent deshonrat, perquè no hi ha ningú que critiqui allò que cal criticar, ni ningú que elogiï allò que cal elogiar, ni ningú que sigui agraït amb l'honor que Déu ha fet a aquest món, al rei, a la reina i a tots els altres.

Quan el bon home va haver dit aquestes paraules, un savi escuder es va agenollar davant del rei i li va pregar que li donés permís per a lloar el que s'havia de lloar i per a blasmar el que calia blasmar. El rei no va voler acceptar la voluntat de l'escuder perquè tenia por que critiqués les seves debilitats, ja que ell gaudia molt vivint d'aquella manera, i pretenia continuar comportant-se així fins a la fi dels seus dies, que seria el moment en què es penediria dels seus pecats i ja faria penitència.

Mentre l'escuder pregava al rei perquè li donés permís per a fer allò i el rei li deia que no, va entrar un senyor important de la ciutat, el veguer, per presentar al rei un home que havia mort un cavaller de forma injusta.

El rei va ordenar que l'home que havia mort el cavaller fos penjat, i de seguida l'home va dirigir-li aquestes paraules:

—Senyor rei, és costum de Déu de perdonar quan algú li ho suplica. A vós, que sou el lloctinent de Déu a la Terra, us demano perdó, i vós m'hauríeu de perdonar de la mateixa manera que perdona Déu.

El rei li va respondre:

—Déu és just i misericordiós. Fa justícia si perdona aquell que comet una falta inconscientment, o quan algú ha comès un error per accident o per casualitat; aleshores, aquest algú se'n penedeix i demana perdó, i la misericòrdia de Déu el perdona. Però la justícia de Déu no estaria d'acord amb la misericòrdia si jo perdonés un home que es proposa de pecar perquè després compta demanar perdó. I com que tu et vas proposar de matar el cavaller amb l'esperança que després jo et perdonés, no ets digne del meu perdó.

En sentir-ho, els missatgers es van adonar que el rei es contradeia amb el que havia dit a l'escuder, a qui no li havia concedit el permís que li demanava per criticarlo i fer-lo anar pel bon camí.

Quan el rei i tots els altres van haver menjat i van marxar de la sala, els missatgers van anar cap a l'hostal, i allà un deia a l'altre que la noblesa de la cort era gran, així com el seu poder en gent i tresors, i per això l'home havia de ser savi i temorós de Déu.

Ja a l'hostal, els dos missatgers es van trobar l'hostaler, que plorava desconsolat.

—Senyor hostaler, per què ploreu? Què us passa?

—Senyors missatgers —va respondre'ls—, en aquesta ciutat el rei ha convocat un gran parlament en què ha aplegat molta gent arribada de terres llunyanes. Les despeses que el rei ha fet són grans, i per això ha decidit aplicar un tribut extraordinari, que serà molt car, i que costarà mil monedes de plata, i jo no tindré més remei que demanar-les prestades als jueus.

—Senyor hostaler —van dir els missatgers—, que no té diners, el rei?

L'hostaler els va relatar que el rei no tenia diners, sinó que els manllevava de la gent, i aplicava tributs extraordinaris quan convocava les corts, cosa que passava dues vegades l'any. D'aquesta manera arruïnava la seva gent, perquè amb les corts feia grans despeses i empobria el regne.

—Bon amic —va dir la pantera—, quina utilitat tenen les corts que el rei convoca cada any?

L'hostaler va respondre que cap ni una, que tot el contrari, perquè la gent s'empobria, i per culpa de la pobresa que patien havien de cometre enganys i delictes. Per això tot el poble s'indignava contra el rei, perquè donava i gastava tant amb les corts que amb les seves rendes no hi arribava, i llavors prenia a uns per donar-ho a uns altres. Quan hi havia corts, la gent esperava que el rei expliqués alguna notícia important i que tingués un fet remarcable per a tractar, però al final, res de res, i acabaven marxant desenganyats amb el monarca. I, és clar, després se'n burlaven i el menystenien.

Quan els missatgers van haver sentit aquelles paraules sobre el rei i els homes, el van menysprear, a ell i als homes de la seva terra, i el lleopard es va adreçar a l'hostaler:

—És un gran mal per a aquesta terra, perquè no té un senyor amb bons costums que hi dugui la justícia i la pau.

—Senyor —va dir l'hostaler—, l'home no podria valorar prou el mal provocat per un príncep malvat: per una banda, pel mal que fa; per l'altra banda, pel bé que podria fer i no fa. I és així com per culpa d'un príncep malvat es fa el mal de dues maneres, tal com heu sentit. Aquest rei a qui us han enviat és un home que confia massa en el seu consell, que és nefast, malvat i format per homes vils. Tots els membres del consell aspiren a ser rei més que el mateix rei, i d'aquesta manera porten el regne cap a la perdició. I el rei no posa cura a arreglar-ho, sinó que només pensa a caçar, a divertir-se, i a ser luxuriós i vanitós.

Quan el monarca va haver dormit, els missatgers van arribar al palau reial i no van poder entrar a parlar amb el rei fins que no van subornar els porters. Un cop els missatgers van ser davant del rei, aquest va fer més cas al lleopard que no pas a la pantera: se'l mirava amb més bons ulls i el va fer seure més a prop seu. La pantera va sentir-se gelosa i enfurismada contra el rei, perquè creia que li havia de fer tant o més cas que al lleopard.

Mentre el rei s'estava amb els missatgers, quatre ciutats van enviar vuit prohoms al rei, que venien per queixar-se dels oficials que tenia destinats a aquelles ciutats, perquè eren homes dolents i pecadors que destruïen la seva terra. Els vuit prohoms van pregar al rei, en nom de totes les ciutats, que els donés bons oficials, i el rei els va adreçar cap als consellers, i els va dir que ells atendrien les seves demandes. Quan els vuit prohoms van ser davant del consell del rei i van haver exposat les seves raons, els consellers els van renyar amb severitat, perquè en aquell consell hi havia amics dels oficials de les quatre ciutats, a qui aconsellaven i amb qui compartien els diners que guanyaven de forma fraudulenta. Aquells vuit prohoms se'n van tornar sense haver aconseguit res del monarca, doncs.

—Senyor rei —va dir el lleopard—, què li voleu dir, al meu senyor rei?

El rei va dir al lleopard que el saludés de part seva, i que li digués que volia que li enviés un bon ós i un bon llop, perquè ell tenia un porc senglar molt fort que desitjava de fer combatre contra l'ós més forçut que pogués trobar, i tenia un gos de presa que desitjava fer combatre contra el llop més ferotge que hi hagués a la cort del lleó.

Els missatgers es van acomiadar del rei i van marxar de la cort decebuts, perquè els havia fet estar-s'hi molt de temps i no els havia donat res, i a més a més, tampoc no havia enviat cap regal al seu senyor, sinó que els havia semblat que el rei volia sotmetre'l, al lleó.

Enmig del camí de tornada que van seguir els missatgers, es van topar amb els vuit prohoms, que retornaven molt enfadats i disgustats amb el rei i amb el consell. A mesura que els missatgers van anar fent camí amb els prohoms, es van assabentar de les paraules del rei i dels consellers, i del seu capteniment, i tant els uns com els altres van dir mal del rei i del consell. Finalment, el lleopard va fer als prohoms aquesta petició:

—Senyors, us sembla que el rei és culpable del mal que provoca fruit de la seva manera de governar?

Un dels vuit prohoms va respondre:

—En una ciutat hi havia un noble molt ric, i quan va morir va deixar tot el que tenia al fill. Molts individus es van acostar al fill d'aquell senyor: uns li volien oferir una muller, els altres li pregaven que es fes monjo. El jove va decidir de vendre's tot el que tenia i de fer construir un hostatge i un pont. L'hostatge el va fer perquè s'hi allotgessin els pelegrins que passaven per aquella ciutat arribats de països de l'altra banda del mar; i el pont, perquè els pelegrins hi passessin i no s'ofeguessin a l'aigua, tenint en compte que a l'entrada d'aquella ciutat hi havia un riu i molts pelegrins que anaven i venien de Jerusalem s'hi havien ofegat. Un cop el fill del noble ric va haver fet l'hostatge i el pont, una nit, mentre dormia, va somiar que gràcies al bé que faria l'hostatge i el pont, hauria fet mèrits davant de Déu.

Amb les paraules que el lleopard va haver sentit, va saber que el rei seria condemnat a l'infern, amb una pena tan gran com ho era el mal que havia provocat durant tant de temps amb els seus mals costums i que el seu consell malvat posava a la Terra. Després va sentenciar que la pena que estava preparada per al rei i per al seu consell era incalculable, i es va dir per a ell mateix que s'estimava més ser una bèstia irracional, encara que no l'esperés res després de la mort, que no pas ser el rei dels homes i tenir tanta culpa com la que provocava un regnat maligne.

Va arribar el moment en què missatgers i prohoms van bifurcar els seus camins, però, abans d'acomiadar-se, el lleopard va reclamar als prohoms que confiessin en Déu, que aviat els donaria un bon senyor que tindria un bon consell i uns bons oficials, i que mantinguessin l'esperança en Déu, perquè Déu no suporta que un príncep malvat pugui viure gaire temps, perquè d'aquesta manera no farà tant de mal com podria fer si visqués molts i molts dies.

Abans de tot això, quan el lleó va enviar els missatgers i els regals al rei dels homes, la Renard, que era el porter del rei, va dir al monarca que el lleopard tenia per muller la bèstia més bonica del món. Tant va lloar la lleoparda, que el rei se'n va enamorar i hi va mantenir relacions íntimes, malgrat la reina i tot el seu consell. El consell va tenir molta por de la Renard quan va veure com havia estat capaç d'aconseguir una cosa tan extraordinària del rei, com era la falta comesa contra la seva muller i contra el lleopard, que era el seu servidor lleial.

—Bona amiga —va dir el bou a la Renard—, tinc molta por que el lleopard us mati quan sàpiga que vós heu propiciat que el rei hagi forçat la seva dona.

La Renard es va adreçar al bou:

—Una vegada, una donzella va cometre un engany contra la reina amb qui estava. Aquella donzella tenia molta intimitat amb el rei, i per culpa d'aquesta intimitat la reina temia la donzella i per por del rei no s'atrevia a venjar-se'n.

Quan els missatgers van arribar i van haver explicat com els havia anat la missió, el lleopard se'n va anar cap a casa, on comptava trobar la seva muller, a qui tant estimava. La mostela i tots els altres que eren a casa del lleopard es van posar molt tristos en veure el seu senyor, i li van explicar la deshonra que el rei li havia fet forçant la seva esposa. El lleopard es va enfurismar moltíssim contra el rei, i va preguntar a la mostela si la seva esposa, quan el monarca l'havia agafat per servir-se'n, s'havia mostrat irada o si, pel contrari, ja li havia agradat i s'hi havia posat bé.

—Senyor —va dir la mostela—, la lleoparda es va mostrar plena d'ira amb l'aproximació del rei, i va plorar a cor què vols, i es va plànyer per haver-se de separar de vós, perquè us estima per damunt de tot.

En saber que la seva esposa havia estat forçada pel rei, la ira del lleopard va créixer sense aturador i, de ben segur, si ella s'hi hagués avingut a bones, no s'hauria indignat tant. I ple d'aquesta ira, el lleopard va pensar la manera de venjar-se del lleó després d'una traïció així de grossa.

6
LA BATALLA DEL LLEOPARD I LA PANTERA

que el lleopard no gosés ni ferir-la ni matar-la; i per recomanació de la Renard, va nomenar porter el paó, que té molt bona oïda.

A tot el consell del rei i a tots els barons que eren allà els va desplaure molt l'honor que el monarca feia a la Renard, i a qui més va desagradar va ser al lleopard, a qui havien dit que la Renard havia estat la instigadora de l'acostament entre la seva muller i el rei.

El lleopard va posar-se davant del rei i de molts altres barons honrats, en presència dels quals va acusar el monarca de traïció. Va afirmar que el lleó havia pres per la força la seva muller, i va demanar si a la cort hi havia cap baró que volgués defensar el rei d'aquella acusació. Si hi era, ell hi combatria i faria que acabés dient que el monarca era un traïdor. I va ser d'aquesta manera que el lleopard va acordar la batalla i va donar al rei la seva penyora en senyal d'acceptació del desafiament.

Quan el lleopard va haver acusat el rei de traïció davant de tot el seu poble, el lleó es va indignar molt contra el lleopard i va sentir molta vergonya d'haver estat titllat de traïdor públicament. Per això, el rei es va dirigir als barons:

—Qui de vosaltres vol lluitar contra el lleopard, que m'acusa de ser un traïdor?

Tots els barons es van mantenir en silenci, fins que la Renard va dir aquestes paraules:

—La traïció és un fet molt desagradable als ulls de Déu, i és un gran deshonor a tot el poble del rei que el seu senyor sigui titllat de traïdor. Per tant, així com el lleopard comet un gran deshonor al seu senyor, i per deshonrar-lo es vol posar en perill de mort, aquell baró que el defensi contra aquesta acusació de traïció també farà un gran honor, i qui per salvar l'honor entri en batalla, trobarà, del rei, una gran recompensa.

Pel deshonor abominable que suposava per al rei que el lleopard l'acusés de traïció, i per la ràbia que havia sentit contra el lleopard quan el rei dels homes l'havia honrat més que no pas a ella, per aquests motius la pantera va entrar en batalla i va defensar el rei de la traïció. De totes maneres, tenia mala consciència, perquè sabia que el monarca havia fet mal i havia enganyat el lleopard, que lleialment l'havia servit al llarg de tota la seva vida.

El lleopard i la pantera van anar al camp, i tot el poble va exclamar:

—Ara veurem qui vencerà, si la veritat o la mentida.

Llavors, el gall va demanar a la serp qui li semblava que havia de guanyar la batalla, i la serp li va respondre:

—Aquests tipus de batalles es van crear perquè la veritat confongués i destruís la mentida. I Déu és veritat, per això qualsevol que mantingui una mentida està lluitant contra Déu i contra la veritat.

Aquestes paraules que la serp murmurava en secret al gall també les van sentir el lleopard i la pantera, i aquest fet va provocar que el lleopard se sentís consolat i que la pantera tingués mala consciència i tristor, i que temés que els pecats del rei acabessin conduint-la al deshonor i a la mort.

La batalla entre el lleopard i la pantera va durar tot el dia, fins ben entrat el capvespre. La pantera es defensava aferrissadament contra el lleopard, a qui hauria pogut vèncer i matar, però la mala consciència li treia forces; i al lleopard, la veritat i la ira contra el rei l'empenyien quan estava a punt de defallir. Tan fort era el lleopard per l'esperança que tenia en el seu bon dret, que li semblava que de cap de les maneres podia ser vençut.

Finalment, el lleopard va guanyar la pantera, i se li va reconèixer, davant de tota la cort, que el rei era fals i traïdor. El lleó es va mostrar molt confús i avergonyit d'aquella batalla, i tot el poble va sentir vergonya del deshonor del seu senyor.

El rei, tan confús i tan avergonyit, i amb una ira tan profunda contra el lleopard, que l'havia fet caure en un deshonor tan gran, no es va poder contenir i, davant de tots, va matar el lleopard, que no es va poder defensar del lleó perquè estava massa cansat.

Tothom que era allà es va sentir descontent amb la mala acció que havia comès el lleó, i va desitjar estar sota el govern d'un altre rei, perquè és ben perillós de ser un poble sotmès a un rei injuriós, ple d'ira i traïdor.

El monarca va estar tota aquella nit enfadat i disgustat. L'endemà al matí va reunir els consellers i va demanar-los l'opinió sobre el missatge que el rei dels homes li havia fet arribar; és a dir, què els semblava haver d'enviar un ós i un llop.

—Senyor —va dir la serp, que era el conseller més savi que tenia el rei—, hi ha molts óssos i molts llops a la vostra terra. De tots els que teniu, podeu triar, segons us sembli, quin ós i quin llop li voleu enviar.

A continuació va parlar la Renard, i va sentenciar que el rei dels homes és el més noble i el més poderós de tots els que hi ha al món.

—I per això és ben necessari que vós, senyor, envieu l'ós i el llop més forts i més savis que tingueu, ja que si no ho feu podria ser motiu de blasme i de perill.

El rei va preguntar a la Renard quin era l'ós i quin era el llop més savis i més forts del regne, i la Renard li va contestar de seguida i li va assegurar que, ja que tenia un ós i un llop al consell, tot feia indicar que aquests eren els més forts i savis del regne.

El rei va donar per bo aquell argument, i va decidir enviar l'ós i el llop que formaven part del consell, i ni l'ós ni el llop no van voler buscar cap excusa per evitar-ho, perquè honraven el rei i el temien, i si el contradeien tenien por de ser considerats covards. La Renard va dir al rei que tal com enviava al rei dels homes les bèsties més nobles de tota la seva terra, també caldria enviar-li el missatger més savi de la cort perquè portés l'ós i el llop com a obsequis. El rei hi va estar d'acord, i va dir a la serp que ella fos la missatgera.

Abans que sortís de la cort del rei per fer de missatgera, la serp va dir:

—Una vegada, una guineu va trobar, enmig d'una bella esplanada, unes entranyes, dins de les quals hi havia un ham amagat, que un pescador havia col·locat per tal de capturar la guineu, si aquesta se les menjava. La guineu, quan va veure aquelles entranyes, no les va voler tocar i va sentenciar: «Aquestes entranyes han estat posades en aquesta esplanada per causar penes i perills».

El lleó, des que havia caigut en pecat i havia matat el lleopard, no tenia tanta subtilesa ni enginy com abans solia, i no va entendre les paraules que la serp havia exposat ni el que significaven, i va demanar a la serp que s'expliqués millor, perquè no l'acabava de comprendre. La serp va dir que d'ençà que el bou i la Renard havien entrat a la cort, sempre hi havia problemes i tribulacions i que, per tant, l'honor que el lleó havia fet al bou i a la Renard només havia portat entrebancs i maldecaps.

Quan el bou va sentir que la serp l'acusava, va demanar permís al rei per a parlar i en presència de la cort va assegurar que ell no era culpable de res, i que no li semblava que hagués fet res malament en contra del monarca o de la cort. A més a més, calia tenir en compte que el rei l'havia honrat, ja que era una bèstia bona per ser menjada pel lleó, i aquest no se l'havia volgut menjar, i era per això que ara ell havia de protegir i salvar el monarca del seu honor. Tot seguit, el bou va explicar com la Renard li va aconsellar de cridar tres vegades durant la nit i tres vegades durant el dia, i que després anés cap a la cort per fer bons tractes amb el rei.

Les explicacions que el bou acabava de fer al rei no van agradar gens a la Renard, que va passar a tenir-li molta rancúnia.

Un dia que havia nevat molt i feia molt fred, el lleó i tothom de la cort no tenien res per menjar i patien molta gana. En aquestes circumstàncies, el monarca va demanar a la Renard com podrien alimentar-se, i la Renard li va contestar que no ho sabia però que aniria a veure el paó per si sentia cap bèstia per allà a la vora que el rei pogués menjar amb els seus companys. El paó, quan va veure arribar la Renard, va sentir una por terrible, perquè temia moltíssim la guineu. La Renard va dir al paó que si el rei li demanava si sentia cap bèstia que es pogués menjar, li respongués que no, que no en sentia cap, però que notava que al bou li feia pudor l'alè, i que percebia que moriria aviat per culpa d'una malaltia. El paó, com que tenia por de la Renard, i com que el bou es menjava el blat que ell també menjava, s'hi va avenir, i va dir al lleó allò que li havia demanat la Renard.

Quan el lleó va demanar al paó què podria menjar, aquest li va respondre que no ho sabia pas, però que sentia que el bou moriria aviat, tal com indicava la pudor que li feia l'alè. El lleó va desitjar menjar-se el bou, però va tenir escrúpols de matar-lo, perquè li havia promès lleialtat i perquè el bou l'havia servit durant molt de temps i se'n refiava. Quan la Renard va veure que el monarca dubtava de menjar-se el bou, es va acostar al rei i li va demanar per què no se'l cruspia, tenint en compte que el bou moriria aviat per culpa d'una malaltia, segons li havia revelat el paó, i més encara si tenia en compte que era voluntat de Déu que el rei cobreixi amb els súbdits les seves necessitats sempre que calgui. El lleó va respondre a la Renard i li va assegurar que per res del món trencaria la paraula donada al bou, a qui havia promès protecció.

—Senyor —va dir la Renard—, us menjaríeu el bou si jo faig que ell us demani que us el mengeu i us allibera de la vostra prometença de protecció?

El lleó li va assegurar que sí.

Aleshores la Renard se'n va anar a veure un corb que tenia molta gana, i li va dir aquestes paraules:

—El lleó té gana, i jo intentaré que mati el bou, que és molt gras, i amb ell en tindrà prou, perquè és una bèstia ben grossa. I si el lleó diu, davant teu, que ell té gana, tu t'oferiràs al rei i li diràs que se't mengi. Però ell no se't menjarà, perquè jo t'excusaré i ell seguirà el meu consell, perquè fa tot allò que li recomano. I si jo m'ofereixo al rei perquè se'm mengi, tu digues que no sóc bo per menjar, perquè la meva carn no és gens sana.

Un cop la Renard va haver adoctrinat el corb, se n'anà a veure el bou, i li va dir que el rei se'l volia menjar, perquè el paó li havia dit que notava al seu alè que ben aviat moriria per culpa d'una malaltia. El bou va agafar molta por, i li va dir que allò que el pagès havia explicat al cavaller era cert.

—Com anava, això que dius que el pagès va explicar al cavaller? —va preguntar la Renard.

I el bou li ho va relatar:

—Un ric pagès desitjava honors, i va donar la filla per muller a un cavaller que aspirava a la riquesa del pagès. Els honors van atreure la riquesa, però la riquesa no va poder tenir tant de poder per a atreure l'honor del pagès. Els honors del cavaller van atreure cap a ell la riquesa del pagès, de tal manera que el pagès va passar a ser pobre i a no ser honorat, i en canvi, el cavaller, ric i amb honors. I amb aquestes, el pagès va dir al cavaller que entre un cavaller i un pagès, al pagès li correspon la pobresa i el treball, i al cavaller, els honors. I de la mateixa manera —va sentenciar el bou—, entre un bou i un lleó, al lleó li correspon matar el bou i satisfer així la gana.

La Renard va dir al bou que el lleó li havia promès fidelitat i que no el trairia pas, i va aconsellar al bou que s'oferís a ser menjat pel lleó, si aquest ho necessitava, perquè així el lleó li estaria molt agraït; i com que aquell oferiment li agradaria molt, i també pel deute que tenia amb ell, no li faria cap mal.

—A més a més, jo us ajudaré perquè el lleó no us faci cap indignitat ni cap mal.

Quan la Renard va haver acabat de donar ordres, va anar davant del lleó amb el bou i el corb. El corb es va presentar al lleó i li va dir que sabia que tenia molta gana, i que se'l mengés. La Renard va intervenir per salvar el corb, i va assegurar que no tenia una carn prou adequada per a ser menjada per un rei. Després d'això, la Renard va dir al lleó que se la mengés a ella, perquè no hi havia res més per menjar si no era ella mateixa, i el corb va dir al lleó que la carn de la Renard no era sana per menjar. Aleshores el bou, amb paraules semblants, es va oferir al lleó, i li va demanar que se'l mengés, perquè ell era gros i gras, i tenia bona carn per menjar. Seguidament, el lleó va matar el bou i de la seva carn en van menjar tanta com van voler el rei, la Renard i el corb.

Un cop el bou va ser mort, el lleó va demanar al gall i a la Renard qui seria el seu cambrer. El gall va voler parlar primer, però la Renard li va dirigir una mirada furiosa, que el va tirar enrere de parlar abans que no ho hagués fet ella. La Renard va adreçar-se al rei i va dir que el conill tenia un bon aspecte i que era una bèstia humil, i que faria molt bé la feina que havien estat duent a terme el gat i el bou. El lleó ho va preguntar al gall, que no es va atrevir a dir res contra el que havia aconsellat la Renard, perquè li tenia pànic. Així doncs, li va recomanar el mateix que havia explicat la Renard.

El lleó va nomenar cambrer el conill, i la Renard va passar a tenir un poder molt gran dins de la cort, perquè el gall, el paó i el conill li tenien por, i a més a més el lleó es creia tot el que ella li deia.

Un dia, el rei va haver d'intervenir en un fet excepcional que va succeir al seu regne, i es va deixar aconsellar pel gall i per la Renard. El gall li va dir que per a aconsellar el rei en afers tan importants no n'hi havia prou amb el consell que tenia, sinó que l'havia d'augmentar, perquè no era gens honorable per a un rei tenir un consell que s'anés fent petit, i que el seu havia anat disminuint molt d'ençà que no hi era la serp, el lleopard, la pantera i el llop. El monarca va donar per bo aquell raonament i hauria nomenat nous consellers, però abans la Renard va explicar-se:

—En una terra hi havia un home a qui Déu havia donat tanta saviesa que entenia tot el que deien les bèsties i els ocells. Déu havia atorgat tanta saviesa a aquell home amb la condició que de tot el que sentís que deien bèsties i ocells no en digués res a ningú, i amb l'amenaça que si un dia ho feia, moriria. Aquell home era propietari d'un hort, i a l'hort hi tenia un bou que estirava d'una sínia per treure'n l'aigua, i un ase, que portava els fems amunt i avall. Un vespre, el bou estava cansat i l'ase li va aconsellar que no es mengés la civada, perquè així l'endemà l'home no el posaria a estirar de la sínia i el deixaria reposar. El bou va seguir el consell de l'ase, i aquell vespre no es va menjar la civada. El pagès es va pensar que el bou estava malalt, i va posar l'ase al seu lloc per a estirar de la sínia. L'ase es va passar tot l'endemà estirant de la sínia amb un gran esforç. Quan va arribar la nit, va anar cap a l'estable, on va trobar el bou que jeia i reposava. L'ase va plorar davant del bou, i li va adreçar aquestes paraules: «El senyor pretén vendre't a un carnisser, perquè creu que estàs malalt. Abans que no et mati, seria bo que tornessis a la teva feina, i que no semblis malalt». L'ase va dir això al bou perquè l'home no el tornés a posar a estirar de la sínia, que li suposava un esforç superior que no pas transportar els fems. El bou va tenir por de morir, i aquella mateixa nit es va menjar la civada i va esforçar-se perquè semblés que ja es trobava bé. Aquell home, el que era el senyor del bou i de l'ase, va sentir el que deien les dues bèsties, i se li va escapar un somriure davant de la seva muller. La dona va voler saber de què reia el marit, però ell no li ho va voler confessar, perquè temia la mort, que li arribaria si explicava el que entenia del que deien les bèsties i els ocells. La muller va insistir molt perquè el marit li confessés de què reia, però ell no li ho va voler dir. La dona, llavors, va assegurar-li que no menjaria ni beuria, i que es deixaria morir, si no li ho confessava. Tot aquell dia i tota aquella nit es va estar sense menjar ni beure, la mala dona. El marit, que se l'estimava molt, li va dir que li ho diria, i va fer el testament. Amb el testament ja fet, va confessar a la dona el motiu pel qual havia rigut. Però l'home va sentir el que el gos li deia al gall, i també el que el gall li va respondre al gos.

—I què es van dir, el gos i el gall? —va preguntar el lleó a la Renard.

La Renard va explicar al lleó que mentre l'home feia el testament, el gall va cantar, i que el gos el va renyar perquè el senyor havia de morir. El gall es va sorprendre molt de veure com el gos l'havia renyat per haver cantat, i llavors el gos li va explicar que el senyor havia de morir, perquè així ho desitjava per tal que la seva dona pogués viure. El gall li va respondre i li va dir que ja estava bé que morís, perquè era una persona dolenta, incapaç de ser l'home d'una sola dona. Aleshores el gall va cridar deu gallines que tenia, les va fer situar-se totes en un lloc, i va fer d'elles el que va voler. Això ho va fer el gall per procurar que el gos es consolés per la mort del senyor. Tots dos es van consolar de la mort del senyor, i el gall va cantar i el gos se'n va alegrar. «Company», va dir el gos al gall, «si tu tinguessis una muller tan boja com la que té el senyor, què li faries si, per atzar, et portés a la mort, com en aquest cas, que hi ha dut el meu senyor?». El gall va respondre que si ell fos al lloc del senyor, tallaria cinc branques d'un magraner que hi havia a l'hort, i que apallissaria la dona fins que les hagués trencat totes, i que la faria menjar i beure, i si no, la deixaria morir de gana i de set. L'home, que va entendre les paraules que el gos i el gall havien dit, es va llevar del llit i va fer allò que el gall li havia aconsellat. I així va ser com la dona, després de ser apallissada brutalment, va menjar i va beure, i va fer tot allò que el seu marit va voler.

Una vegada que la Renard va haver acabat d'explicar aquest exemple, va dir que el gall era tan savi que sabria aconsellar sobre qualsevol assumpte, i per això no calia que el rei augmentés el consell, perquè a més a més, si hi ha una multitud de consellers hi ha massa diversitat d'intencions, d'opinions i de voluntats; o sigui, que la multitud tot sovint és perjudicial per al consell d'un príncep.

Quan la Renard va haver parlat, el gall va explicar:

—Un papagai era dalt d'un arbre amb un corb, i a sota de l'arbre hi havia un simi que havia posat llenya a sobre d'una cuca de llum. El simi era l'encarregat del foc, i anava bufant aquella llenya amb la intenció d'escalfar-se. El papagai cridava al simi i l'advertia que allò no era pas foc, sinó una cuca de llum. El corb deia al papagai que no volgués castigar o adoctrinar algú que no acceptava consells ni correccions. El papagai va advertir al simi moltes vegades que allò que estava bufant no era pas foc, sinó una cuca de llum, i tants cops com ho va fer, el corb renyava al papagai preguntant-li com volia fer posar dret allò que per naturalesa és tort. El papagai va baixar de l'arbre i es va acostar al simi, amb la idea de poder fer-li entendre millor per què l'estava advertint. I tan a prop s'hi va acostar, que el simi va agafar el papagai i el va matar.

Després que el gall hagués explicat aquest exemple, el rei va comprendre que ho deia per ell, i va fer una ganyota aspra contra el gall, per fer-li notar la seva mala voluntat. I llavors la Renard va agafar el gall, el va matar i se'l va menjar davant del rei.

Quan la Renard va ser l'única consellera del rei, el conill en va ser el cambrer i el paó, el porter, aleshores es va sentir còmoda de debò, perquè podia fer amb el rei tot el que volia.

Mentre la Renard estava en aquest estat de benestar, es va recordar de la traïció que havia concebut contra el rei, aquella en què va dir a l'elefant que intentaria que el lleó morís i que l'elefant fos el rei. Ben de gust la Renard s'hauria quedat en aquell estat en què es trobava, però va tenir por que l'elefant la descobrís, i per això va voler matar el rei, perquè l'elefant aconseguís allò que ella li havia promès.

7
LA MORT DE LA RENARD

La Renard no es va oblidar d'intentar matar el rei, i en canvi sí que va oblidar l'honor que li havia fet per damunt de tots els barons de la cort.

Un dia, la Renard va dir a l'elefant que ja era hora que morís el rei, i sobretot tenint en compte que tot estava tan ben disposat perquè a la cort ja no hi havia altre conseller: només hi quedava ella, la guineu. L'elefant va rumiar una bona estona allò que li deia la

Renard, i va tenir mala consciència de consentir la mort del rei. D'altra banda, però, si desobeïa la Renard, tenia por que la guineu el descobrís i intentés matar-lo. Finalment, l'elefant va determinar no consentir el que li proposava la guineu, perquè li sabia greu que el monarca morís. I a més a més, temia que si ell acabava sent el rei, la Renard el traís, de la mateixa manera que traïa el lleó. Així doncs, l'elefant va preferir estar en perill de mort que no pas fer una traïció contra el seu senyor natural.

Mentre l'elefant considerava així aquella qüestió, es va dir a ell mateix que igual com la Renard volia matar el rei amb enginy, ell també podria matar amb enginy la Renard. Perquè, si en el cos de la Renard hi ha lloc per a la traïció, per a l'habilitat per enganyar i per a l'enginy —es deia l'elefant—, en el meu, que és tan gran, hi deu cabre lleialtat, saviesa i astúcia.

—Senyor elefant —va dir la Renard—, com ho veieu, vós? Per què no procureu de ser rei abans que retorni la serp de fer de missatgera, ella que és tan sàvia i astuta?

Aleshores, l'elefant es va proposar esperar la serp abans d'intentar fer res contra la Renard, i amb la serp intentar que el rei matés la Renard. Quan la Renard va veure que l'elefant demorava el tracte, va tenir por que la serp no tornés i que l'elefant la delatés, i llavors va dir a l'elefant que s'afanyés, perquè, si ho feia, ella tractaria l'assumpte d'una manera que ni s'imaginava.

L'elefant va sentir una por terrible de l'enginy de la Renard, i va voler saber quines condicions volia per a ella si ell era rei. La Renard va dir-li que volia trobar-se en les mateixes condicions que les que tenia aleshores amb el lleó, i això volia dir que desitjava ser l'únic conseller, i que el conill fos el cambrer i el paó el porter. Després que la Renard hagués expressat les seves condicions a l'elefant, aquest va preguntar-li com s'ho farien per a matar el rei, i la Renard li va explicar la manera que havia ideat, i ho va dir amb aquestes paraules:

—Entre el porc senglar i el rei hi ha poca sintonia, perquè el porc senglar es creu equiparable en bellesa i força al rei. Jo diré al porc senglar que vigili amb el lleó, que el vol matar; i diré al rei que vagi amb compte amb el porc senglar, que desitja ser monarca, i intentaré que el rei mati el porc senglar. I un cop aquest sigui mort, i el rei estigui cansat de la batalla que haurà tingut, just en aquell moment, vós, senyor elefant —va dir la Renard—, podreu matar fàcilment el lleó, i podreu esdevenir rei.

De la mateixa manera que la Renard havia pensat, l'elefant es va proposar d'enganyar-la, i s'hi va adreçar així:

—Qualsevol promesa sense testimonis és en va, i és per això que considero que cal que vós, Renard, tingueu testimonis de la promesa que voleu que us faci; és a dir, que vós sigueu el meu únic conseller, que el conill sigui el meu cambrer i que el paó sigui el meu porter. Perquè sense testimonis, si després jo no complís la meva promesa, no podríeu demostrar-ho de cap manera, i jo, per ventura, que seria el rei, no em veuria obligat a honrar-vos com faig ara que no sóc rei i que vós sou conseller reial.

La Renard va rumiar a fons sobre allò que explicava l'elefant, i va tenir por que els testimonis no la delatessin de la traïció. Quan l'elefant va veure que la Renard estava preocupada, li va dir que els millor testimonis que podia tenir eren el conill i el paó, perquè temien la Renard i els agradaria ser els seus oficials, i per això no li calia tenir por que la descobrissin de cap secret. La Renard va acceptar el raonament que havia exposat l'elefant, i en presència del conill i del paó es va tancar l'acord, i el conill i el paó van prometre a l'elefant i a la Renard de guardar el secret.

Després d'aquestes paraules, l'elefant va recomanar a la Renard que primer digués al porc senglar que el rei el volia matar, i que després digués el mateix al rei. La Renard, doncs, se'n va anar a parlar primer amb el porc senglar. Mentre la Renard dialogava amb el porc senglar, l'elefant va parlar amb el rei, i li va explicar allò que havia tramat amb la Renard. Va demanar-li perdó per haver concebut una traïció en contra seu, li va assegurar que se'n penedia i li va confessar que preferia ser el súbdit més lleial que no pas un traïdor del rei.

El lleó li va preguntar:

—I com podria jo estar segur que això que vós dieu és veritat?

L'elefant li va dir que ho podia descobrir fàcilment si pensava en tot el que havia fet la Renard, que es fixés que ara en el seu consell no hi havia altra bèstia que no fos la Renard, a part del conill, que tenia por de la guineu per natura, i del paó, que exactament el mateix, perquè a més li devien la seva feina dins del consell.

—I encara, senyor lleó, us en diré una altra prova. La Renard ha anat a veure el porc senglar per dir-li que vós el voleu matar, i a vós us explicarà el mateix, que el porc senglar pretén matar-vos, i us aconsellarà que davant del porc senglar poseu cara de pocs amics, perquè així es cregui allò que la Renard li ha explicat.

Després d'aquestes paraules, l'elefant va dir al rei que el conill i el paó havien consentit la seva mort. El Rei es va sorprendre molt del que havia ordit la Renard, a qui havia honorat tant, i no s'explicava com havia pogut concebre en contra seu aquell engany i aquella falta, i va dir:

—Al meu pare, li he sentit explicar que el meu avi, que era rei d'una gran terra, va voler humiliar els barons a qui pertocaven honors, i va voler exalçar les bèsties vils a qui no correspon d'honrar. Entre aquestes darreres bèsties hi havia el simi, a qui va honrar moltíssim. Aquell simi, que en això era semblant a l'home, va tenir el desig de ser rei i, en comptes d'honorar el rei, va pensar de cometre una traïció contra el meu avi.

—Senyor —va dir l'elefant—, en una copa petita no pot cabre gaire vi, ni en una persona que sigui d'un lloc vil no pot cabre honor ni lleialtat. És per això que és bo que vós mateu la Renard, i que tingueu uns bons consellers, i que sigueu lliure en el vostre senyoratge, i que no concediu a una persona malvada la noblesa que Déu us ha atorgat per llinatge i per ofici.

Després d'aquestes paraules, l'elefant va anar a veure el porc senglar, amb qui la Renard havia parlat ja, i li va confessar que sabia el que la guineu li havia dit. L'elefant li ho va relatar tal com la Renard ho havia explicat al porc senglar, que es va sorprendre que l'elefant ho sabés.

L'elefant, però, li va explicar com havia anat tot, i mentrestant la Renard va anar a veure el lleó, i li va assegurar que el porc senglar el volia matar. Va ser així com el lleó va adonar-se que la Renard pretenia trair-lo. El rei va reunir davant seu molts barons, i també l'elefant, el porc senglar, la Renard, el conill i el paó. Davant de tots, el lleó va demanar al conill i al paó que diguessin la veritat sobre el testimoni de la promesa que havien fet a la Renard un cop l'haguessin matat. La por del conill i del paó va ser enorme, però més gran encara va ser el pànic que va sentir la Renard, que es va dirigir al rei:

—Senyor rei, per sondejar si els vostres barons són bons i us són lleials, vaig dir a l'elefant això que assegura, i el mateix vaig contar al porc senglar. Pel que fa al conill i al paó, us asseguro que mai no els he parlat d'això de què l'elefant m'acusa.

Era evident que la Renard confiava que el conill i el paó, que tanta por li tenien, no gosarien delatar-lo al rei ni tampoc descobrir res.

Després que la Renard hagués parlat, el rei va adreçar una mirada esgarrifosa al conill i al paó, i va emetre un bram esfereïdor, convençut que pel seu alt senyoratge havia de tenir més força en la consciència del conill i del paó que no pas la por de la Renard que aquests dos sentien per natura. Un cop el lleó havia deixat anar aquell bram esfereïdor, ple d'indignació, va demanar al conill i al paó que diguessin la veritat, i el conill i el paó no es van poder contenir i van confessar la veritat al monarca.

I aleshores el rei, personalment, va matar la Renard.

Un cop la Renard va ser morta, la cort va tornar a funcionar correctament. El rei va nomenar com a membres del seu consell l'elefant, el porc senglar i altres barons honrats, i en va fer fora el conill i el paó.

I aquí s'acaba el *Llibre de les bèsties,* que en Fèlix va portar a un rei perquè veiés la manera com, en el comportament de les bèsties, es mostra com un monarca ha de regnar i com ha d'evitar un consell malvat i els homes falsos.

Aquesta és una nova llavor de Sembra Llibres.
Estarem agraïts de rebre els teus comentaris,
opinions o suggeriments. Amb entusiasme i cura,
seguirem sembrant llibres amb tu.

#Llibredelesbèsties

Títols de Sembra Llibres:

SLL1. *Totes les cançons parlen de tu*. Xavi Sarrià

SLL2. *Vertigen*. Esperança Camps i Empar Marco

SLL3. *Lluitant contra l'oblit*. Laura Ballester. Pròleg de Jordi Évole i Beatriz Garrote

SLL4. *Córrer sense por*. Giuseppe Catozzella. Trad. Anna Casassas

SLL5. *Algun dia aquest dolor et servirà*. Peter Cameron. Trad. Eduard Castanyo

SLL6. *En línia*. Jaume Monzó

SLL7. *Viure, morir i nàixer a Gaza*. David Segarra

SLL8. *La fallera Calavera*. Enric Aguilar

SLL9. *Els avantatges de ser un marginat*. Stephen Chbosky. Trad. Marta Pera

SLL10. *No ens calia estudiar tant*. Marta Rojals

SLL11. *Ovidi Montllor. Un obrer de la paraula*. Jordi Tormo. Pròleg de Feliu Ventura

SLL12. *La paraula contrària*. Erri De Luca. Trad. Iban L. Llop. Pròleg de David Fernàndez

SLL13. *Llibre de les bèsties*. Ramon Llull a través de Roc Casagran

SLL14. *CaRRoussel*. J. M. Fonalleras, I. Monsó, M. Rojals, F. Serés i M. Serra

SLL15. *Un monstre em ve a veure*. Patrick Ness. Trad. Ferran Ràfols

SLL16. *Com un record d'infantesa*. Feliu Ventura

SLL17. *Cantamapes*. Wu Ming. Trad. Xavier Mínguez

SLL18. *Una cabana a l'hivern*. Hubert Mingarelli. Trad. Lluís-Anton Baulenas

SLL19. *L'amor fora de mapa*. Roc Casagran

SLL20. *Acte de violència*. Manuel de Pedrolo. Pròleg de Cesk Freixas

SLL21. *La batalla de l'Horta*. Enric Llopis. Pròleg de Josep Gavaldà

SLL22. *Els millors relats de Roald Dahl*. Roald Dahl. Trad. Ferran Ràfols

SLL23. *La metamorfosi*. Franz Kafka. Trad. Marta Pera. Pròleg de Joan Miquel Oliver

SLL24. *Algú com tu*. Roald Dahl. Trad. Ferran Ràfols

SLL25. *Montserrat Roig. La memòria viva*. Aina Torres. Pròleg de Mònica Terribas